AF397495

LISELOTT HUSBERGER

Luisa är så känslig

Förlag: BoD · Books on Demand, Östermalmstorg 1,
114 42 Stockholm, Sverige, bod@bod.se
Tryck: Libri Plureos GmbH, Friedensallee 273,
22763 Hamburg, Tyskland

Omslagsfotot heter "Contemplative Night Walk" och är taget av
Luke Porter. Det används här under Unsplash License.
Det oklippta fotot och licensavtalets villkor finns på unsplash.com

Delar av sångtexten "Resten av ditt liv" av Timbuktu
används med vänlig tillåtelse från jasontmbk/instagram

Första utgåvan

ISBN: 978-91-8080-999-3

TACK

till alla mina underbara testläsare som gett mig så mycket värdefull respons: Bemma och Nemma förstås :-) samt Anna, Johanna, Kristina, Linnea, Mia, My, Susanne och Veronica. Generösa Johanna ska ha ett extra tack för utlåning av perfekta skrivarstugan. Tack också till Annsofi Thunholm från SNAFU för intressant samtal om mobbning på arbetsplatsen, samt till Pia Sander för en massa matnyttigheter om skrivprocessen. Tack också till min Joakim för att du finns och fanns.

Har tänkt på det länge, verkligen tänkt
Hur jag skall få dig att förstå hur det känns
Hur jag skall närma mig detta, våga berätta
Släppa, få hjärtat att lätta
Rädd att jag kanske hade läst dig fel
Kan jag säga nu med säkerhet
Att min första instinkt var korrekt
Nu vill jag uttrycka det i klartext

ur Resten av ditt liv, Timbuktu

DEL 1

Nu

Jag går de oändligt många stegen från mitt skrivbord längst ner i ekonomernas kontorslandskap till ett av de små mötesrummen i andra änden av byggnaden. Trots en orolig känsla i maggropen kommer jag på mig själv med att plötsligt skratta högt. Jag är så fånig. Varför drar jag automatiskt slutsatsen att Charlie kommer ge mig sparken, eller göra något annat drastiskt, bara för att hon vill tala med mig i enrum? Det är väl bedragarsyndromet, min ständiga följeslagare, som ligger bakom den slutsatsen. Inte vetskap kring något jag faktiskt skulle ha gjort eller inte gjort.

Att jag ser för mycket på hollywoodfilmer och att jag har en galen mängd fantasi ligger säkert också bakom det. Givetvis kommer jag inte få sparken, det vet jag egentligen. Men min självkänsla är inte vad den borde vara, eller ens vad den en gång var.

Utan att lyfta blicken från laptoppen ler hon flyktigt när jag kliver in i rummet. Jag får *flashbacks* till min anställningsintervju i ett av dessa rum för bara några månader sedan. Hon höll i den tillsammans med en tillfällig chef för hela avdelningen. Den tillfälliga chefen genomförde intervjun i princip helt själv. Charlie hade bara suttit där bredvid henne och knappat ivrigt på tangenterna, uppenbarligen för upptagen för att på riktigt delta i valet av en ny medarbetare till det egna teamet.

Att jag tog det här jobbet säger något om hur jag mådde vid den tidpunkten.

"Vi kommer ju anställa en ny redovisningschef", säger hon nu och lyfter för ovanlighetens skull blicken från skärmen. Det vackra leendet lamslår mig i någon millisekund. Hon är helt klart för attraktiv för att jobba som ekonom på ett försäkringsbolag.

"Det känner du till, eller hur?" Hon får en liten rynka i pannan som avslöjar henne. Hon kan ha missat att informera om detta, liksom om så mycket annat. Snygg och skarp som få, men svag på kommunikation och ledarskap. För mig själv brukar jag kalla henne för den ofrivilliga chefen.

Jag nickar ändå generöst som för att säga att *Nu* vet jag, i alla fall.

"Är det något som hade intresserat dig?"

Nickandet övergår till ett energiskt skakande på huvudet, som om jag vill övertyga henne om att jag aldrig ens skulle komma på en sådan tanke.

"Nej, *absolut* inte", får jag till slut fram.

"Mmm", nickar hon eftertänksamt.

Hon iakttar mig, nu med huvudet lite på sned. Som om hon ser mig för första gången på ett tag.

"Så bra!" skrattar hon plötsligt. Skrattet övergår till ett varmt leende.

Jag känner mig väldigt nöjd över att hon verkar vilja visa att hon vill ha kvar mig i sitt lilla team. Bekräftelse. *Yippi!*

Hon skjuter datorn åt sidan och berättar att man faktiskt har hittat en slutkandidat. En person som idag arbetar på just det företag jag var på innan jag kom hit.

Jag ryggar genast tillbaka en aning i stolen. VER-koncernen. Stället jag inte vill tänka på. Inte ska vi väl anställa någon därifrån? Mina tankar förs desperat till Danuta. Det hade varit okej.

Det bara måste vara Danuta. Snälla säg att det är Danuta.

"Vem då?"

Frågan är dum. Det finns egentligen bara en person som det faktiskt kan vara och det är tyvärr inte Danuta. Men i stunden vägrar jag tro att det är just hon.

"Karola heter hon."

Då

Det var med huvudet högt som jag lämnade spelföretagets lokaler på min sista anställningsdag. Det hade varit så mycket konstigheter som hänt där mot slutet och jag var stolt över min integritet och att jag så snabbt tagit kontroll över den egna situationen genom att söka mig därifrån.

Det var en del som hade blivit uppsagda på sistone och vem vet, jag hade kanske också blivit av med jobbet om jag stannat kvar. Det hade varit naivt av mig att tro någonting annat. Kajsa, den nya men tillfälliga ekonomidirektören, hade inte verkat så glad i mig. Jag förstod det, för jag hade inte direkt strukit henne medhårs.

Jag kände väldigt varmt för företaget och jag såg att hon inte gjorde det. Detta var ett konsultuppdrag för henne. Så må det ha varit och jag kunde förstå att hon inte hade samma känslor som oss andra men man kan alltid använda sitt hjärta. Man kan fatta hur snabba och kalla beslut som helst, om man är tvungen att göra det, men man måste också alltid, alltid vara mänsklig.

Jag såg hur hon talade ner till folk och förminskade dem inför andra.

Jag som ofta, där och på tidigare arbetsplatser, varit chefens högra hand ansträngde mig inte det minsta för att få den positionen hos henne. Hon skulle inte få min lojalitet.

Efter min föräldraledighet med Morgan, Olofs och min första son, hade jag kommit tillbaka till ett fullständigt kaos på jobbet. Jag hade anat kaoset redan innan jag återvände. Min inhyrda vikarie hade inte varit den arbetsamma typen och jag hade fått hoppa in några gånger för att hjälpa honom. Och det kändes som om varje gång jag gjorde det var det en ny person som presenterade sig för mig som min nya chef. Totalt sett hann jag ha sju chefer under mitt sista år där. Först Henrik, han som hade anställt mig. Han ringde mig en dag i början av min föräldraledighet och berättade om en omorganisation som inletts och som skulle leda till att han fick sköta en annan avdelning medan ytterligare en inhyrd konsult skulle bli min chef.

Den konsulten försvann emellertid lika plötsligt som han kom.

Därefter ringde jag vår nya vd, på den tjänsten var det alltså också omsättning, och frågade vad som gällde för mig varpå han sa att han kunde vara min chef. Det lät som om han kom på det där och då.

En dag strax därefter gick jag in i lönesystemet för att kolla en sak och såg då att redovisningschefen var noterad som min chef.

Första dagen efter föräldraledigheten berättade en av de andra ekonomerna att hon skulle bli min chef, men jag hörde aldrig något mer kring detta så hon räknas inte in i de sju.

Samma vecka började Kajsa sitt uppdrag hos oss. Jag väntade ett par dagar innan jag gick till henne för att protestera mot det jag hade läst om att redovisningschefen skulle vara min chef då jag anade att hon inte hade någon kompetens inom mitt arbetsområde. Det var så jag fick Kajsa. Som inom någon månad befordrade den lata vikarien till att bli min chef samtidigt som hon i enrum sa till mig att eftersom jag ver-kade ha svårt för honom kunde jag fortsätta rapportera till henne.

Under mina sista dagar blev min nya "chef/inte chef" plötsligt av med sitt uppdrag varpå den som skulle bli min ersättare (vid det här laget hade jag alltså sagt upp mig) blev befordrad till ekonomichef och alltså tekniskt sett min chef. Hade jag stannat kvar hade jag dock hunnit uppleva att även denne fick lämna bygget och att min slutliga ersättare skulle komma att bli min chef.

Kaos, minst sagt. Och jag kände alltså av denna röra redan under min första dag tillbaka då jag insåg att man inte hade bestämt var jag skulle sitta, pratade om att byta ut systemet jag arbetade i, och hade bytt ut revisorerna.

Jag kände mig otrygg. Det fanns förmodligen ett inslag av kemisk obalans som gjorde att jag kände så. Helst av allt ville jag ju sitta kvar hemma i soffan med lilla Morgan och snusa på hans bruna kalufs. Med insikt om att mina amningshormoner säkert påverkade hur jag upplevde situationen, gick jag ändå raka vägen hem den där första dagen och började söka andra jobb.

Jag gjorde det både ur självbevarelsedrift -jag kunde ju inte vara säker på att min tjänst skulle finnas kvar i detta virrvarr- och för att tydligt markera för ledningen att jag inte tänkte stå ut med den situation som rådde.

Det kändes fantastiskt den dagen jag några månader senare gick in till Kajsa och sa upp mig. Det enda som skulle ha gjort att det känts bättre hade varit om hon reagerat med besvikelse eller åtminstone förvåning. Tvärtom svarade hon, nästan på studs, "Nej, men så roligt för dig. *Grattis!*"

Hon hade lika gärna kunnat räcka ut tungan och tralla *na-na-na-na-na* som ett retsamt barn. Ordet *härskarteknik* var inte på modet ännu men det rådde inget tvivel för mig om att det var en sådan hon utövade med de orden. Antingen det eller så var hon genuint lättad över att hon därmed slapp säga upp mig.

Jag hade kallats till intervju hos två företag. Eller egentligen bara till ett: VVS-företaget VER Syd. Den andra intervjun avsåg en tjänst som gick via en extern rekryteringsbyrå. Rekryteraren gjorde inget bra intryck på mig och tyvärr lät jag det påverka mitt intresse för att gå vidare, eller ens för att fortsätta samtalet som vi förde på hennes kontor. I efterhand kunde jag ibland undra hur livet skulle ha sett ut om den intervjun hade gått annorlunda. Om rekryteraren hade vaknat på rätt sida av sängen, eller om jag inte hade varit så känslig.

Mitt mottagande hos VER hade varit något helt annat. Trots att de skötte rekryteringen helt utan extern hjälp, något jag aldrig hade varit med om tidigare, upplevde jag deras process som mycket professionellt genomförd.

På den första intervju fick jag träffa Henny, ekonomichefen som skulle komma att bli min chef, samt en tystlåten person från HR. Mellan Henny och mig klickade det genast. Hon såg så nöjd ut under hela mötet att jag tror hon bestämde sig för mig nästan på direkten. Vi hade ett samtal som flöt på riktigt fint och jag upplevde att jag gav en sann bild av mig själv. Och att Henny gillade bilden.

På andra intervjun fick jag utöver Henny även träffa de tre ekonomer som skulle bli mina medarbetare samt de övriga tre personerna på ekonomiavdelningen. Göran, som var ekonomidirektör för hela VER-koncernen, kom in en liten stund mot slutet.

Henny såg ut som om hon äntligen fått träffa sin bästa vän igen. Hon nästan sken av lycka. Hon slukade mina ord och nickade uppmuntrande åt allt jag sa och frågade. Gentemot de andra i rummet var hon annorlunda. Det var som om hon screenade frågorna från dem och vissa avfärdade hon med en gång. En skattefråga som jag fick av Göran gjorde henne direkt ilsken. Då snäste hon rappt åt honom att frågan inte var relevant, att det ju inte var *det* jag skulle arbeta med. Och det var det inte, men jag såg ändå till att försöka svara på hans fråga. Så som man gör.

Det kändes nästan som om Henny skyddade mig. Jag behövde inget skydd men på något sätt var det väldigt rart och jag kände mig rörd.

Tjänsten jag hade sökt hos VER var den som redovisningschef, alltså som ansvarig för bokföringen och chef för det lilla teamet. Här skulle jag inte arbeta med koncernredovisning som jag gjorde på spelföretaget. Men redovisningschef var något jag hade varit en gång tidigare och en roll jag längtat tillbaka till. Jag kunde sakna att få se helheten på ett sätt som kom sig naturligt på en sådan tjänst. Och jag skulle ha ett eget team. Det hade jag haft även den där förra gången och då för en betydligt större grupp.

Även om min känsla och den feedback jag fått från den gången hade varit positiv hade jag aldrig gått någon egentlig utbildning inom ledarskap eller mottagit coachning kring den rollen, och jag var säker på att jag med rätt redskap skulle kunna göra ännu bättre ifrån mig. Nu skulle jag bara ha tre medarbetare. Vilken ynnest att få göra om detta med ett så litet team.

Men jag var inte helt förblindad av situationen. Jag såg några nackdelar med tjänsten. Framför allt var jag van vid att arbeta med spännande och omtyckta produkter. Spel, parfym och choklad. Här installerades det rör. Min erfarenhet sa mig att jag fungerade bäst när jag fick arbeta med produkter som jag förstod och brydde mig om. Annars blev jag lätt oengagerad och uttråkad.

Det var det ena. En annan sak var att kontorsbyggnaden låg i ett industriområde i utkanten av Malmö. Jag som var van vid att arbeta i centrala Malmö, att kunna promenera till jobbet och att hitta på saker att göra på vägen hem, som att träffa vänner eller utföra ärenden.

Det lilla jag fick se av kontoret kändes inte heller så positivt. Det fick mig att tänka på en relik från en svunnen tid. Heltäckningsmattor, stora individuella kontorsrum, bordstelefoner, stationära datorer med kommandobaserat gränssnitt. Även människorna såg ut att komma från en annan era. Det kanske berodde på branschen. Det här var nog en mer trögrörlig bransch, med folk som suttit på samma tjänster under större delen av sina yrkesliv. Mellanchefer iklädda kostymer och dräkter med företagets logga på en pin som man med stolthet fäst på kavajkragen. Man delade ut visitkort och man skrev ut rapporter på randigt utskriftspapper som behövde säras på längs perforeringen. Jag visste inte ens vad det hette. Trodde inte jag hade sett något liknande tidigare, förutom på TV.

Men allt detta var förstås oviktiga detaljer som jag kunde leva med. Det som oroade mig mer än dessa saker som jag kunde ta på, var att Janet, en av de tre medarbetarna, inte log mot mig under intervjun. Hon var en äldre kvinna med ljust här och en rätt så rejäl solbränna med tanke på att det var början av året. Hon var *petite* men såg frisk och vältränad ut och jag misstänkte att de djupa skårorna i hennes ansikte inte enbart berodde på ålder, utan även på att hon var så tunn.

Jag fick knappt ögonkontakt med henne. Vi var många i rummet så givetvis hann jag inte fokusera överdrivet mycket på just henne. Eventuellt hade jag missat leenden och försök till ögonkontakt. Men mitt stående intryck av henne var att hon såg sträng och kylig ut, och det kändes illavarslande.

Janets uppsyn kändes faktiskt ännu mer illavarslande än de allvarliga ord som Henny delade med mig efteråt, medan jag skrev under på avtalen. För ja, jag fick jobbet.

Jag minns egentligen inte om hennes ord kom före eller efter signeringen. I efterhand spelar det ingen roll. För det blev ändå som det blev.

Henny berättade att det var en svår grupp jag skulle blev chef för. De hade haft problem med sina tidigare chefer. Den senaste hade gått in i väggen. Och de skulle ha problem att acceptera mig, eftersom jag var kvinna.

Jag lyssnade och sög på orden. Vägde dem. De skulle ha problem med detta. Inte *kanske* utan de *skulle* ha problem med detta.

Sedan skakade jag av mig orden. Gruppen måste ha haft otur med sina tidigare chefer. De hade rent av haft fel chefer. Jag visste att jag däremot inte var knepig på något sätt. Och jag hade goda intentioner. Jag skulle vara lyhörd för dem och tillsammans skulle vi utvecklas till ett välfungerande team.

Det här skulle bli bra. Eventuella hinder skulle jag ta mig an när de uppstod. Just nu behövde jag bara komma bort från strulet på min nuvarande arbetsplats och börja om.

Den förtryckta lönesumman i det huvudsakliga avtalet och bonusinslaget bidrog delvis till mitt positiva, eller kanske till och med optimistiska, humör.

Redan innan min nya anställning hade börjat blev jag upp-ringd av Henny en dag. Hon undrade om jag hade möjlighet att följa med på ett möte i Borlänge. De var några från Malmökontoret som skulle åka upp för att besöka ett litet VVS-företag som VER nyligen hade köpt upp och senare under året skulle fusionera med. Min hantering av fusionen i bokföringen skulle ligga till grund för min generösa bonus. Jag fick ledigheten beviljad så det fanns inga hinder. Givetvis tackade jag ja.

Vi var ungefär tio personer från VER som besökte det lilla bolaget den dagen, varav Henny och jag var de enda från ekonomiavdelningen. De som tog emot oss var två entre-prenörer och deras sekreterare. Det måste ha känts nervöst för dem att ta emot den stora, kostymklädda delegationen. Vi satt instängda i deras mötesrum med dem under en hel dag och diskuterade praktiska frågor kring deras övergång från att vara ett fåmansbolag till att ingå i en stor, internationell koncern.

Jag talade givetvis inte mycket då jag var den i rummet som var minst insatt i processen, men vid något tillfälle hoppade jag in för att hjälpa till att förklara hur man registrerar ett namnbyte hos Bolagsverket eftersom jag märkte att entreprenörerna inte riktigt hängde med. Som jag ofta gör använde jag mig av humor och jag tror det var första gången den dagen som vi alla skrattade tillsammans. Henny, som satt mittemot mig, sken mot mig som en stolt förälder.

Hon och jag satt bredvid varandra på planet både på vägen dit och sedan hem igen. Vi satt tätt intill varandra och delade historier om hur vi hade kommit dit vi var i karriärerna. Jag berättade om den stressiga tillvaron jag upplevde på spel-företaget och hur det hade känts viktigt för mig att säga ifrån genom att lämna stället. Henny lyssnade fokuserat och jag kände mig bekräftad och respekterad. Redan från vårt första möte hade jag kände att hon såg oss som jämlikar. Jag var viktig och det var en självklarhet att det var så.

Hon berättade återigen om mitt team och den utmaning jag stod inför. Men med glimten i ögat lade hon till att jag var en investering. Skulle det bli stora problem så var det inte mig hon skulle göra sig av med.

Jag flinade tryggt tillbaka mot henne. Henny var söt. Både hon och jag var korta men hon var dessutom oerhört smal, så pass smal att hon var tvungen att själv sy de flesta av dräkterna hon bar på kontoret. Hennes nästan mikroskopiska uppenbarelse tillsammans med den något retsamma humorn gjorde henne till ett riktigt charmtroll. Att hon läspade och att hennes ögon satt väldigt tätt ihop bidrog till charmen.

Hon fortsatte berätta om Janet, medarbetaren som inte hade lett mot mig under den andra intervjun. Hon var en äldre dam som hade varit på VER i princip hela sitt yrkesliv. En bestämd kvinna som skulle ha saker på sitt sätt. Man fick ta det försiktigt med henne när det behövde införas nya processer eller andra förändringar. Janet hade ingen större förståelse för bokföring men med tydliga instruktioner och repetition gick det som tåget.

Pär var något introvert men en mycket trevlig ung man som gjorde det han skulle. Inte heller han hade haft någon annan anställning, inte vad Henny kunde minnas i alla fall. Hon hade hoppats på att kunna lyfta honom i gruppen men han hade tyvärr inga större ambitioner så det hade inte blivit någonting med det.

Suzzie, slutligen, var ett nytt tillskott i teamet. Jag märkte att Henny ömmade för henne. Hon använde ofta ett annat tonläge när hon talade om Suzzie. Suzzie hade haft otur i kärleken men hade nyligen träffat en ny man och var lycklig i det. Jag fick höra om huset hon hade varit i färd med att köpa med den förra kärleken och hur förstörd hon varit när det förhållandet tog slut. Jag var inte helt bekväm med att ta emot all denna information, denna privata förhands-information. Så jag ställde inte frågor, i hopp om att Henny skulle ta vinken och gå vidare till att berätta om sådant som i stället var relevant för mig att veta.

Som att Suzzie var en arbetsmyra som gärna tog sig an nya arbetsuppgifter. Vilket var bra för det fanns tydligen mycket att göra på avdelningen. VER växte hela tiden, främst genom uppköp av mindre, lokala VVS-företag, som det vi besökte idag. Och den ökade storleken innebar mer arbete i alla hörn och kanter.

Henny berättade vidare om teamets historik vad gällde ledarskap. Första chefen som Pär och Janet hade haft var en man som hette Bertil. Han var pensionerad sedan ett antal år tillbaka. Bertil var extremt kunnig, berättade Henny med vördnad. Han kunde allt om verksamheten, affärssystemet - det var tydligen han som hade byggt det- och var givetvis en fena på redovisning. Som sig bör som redovisningschef.

Men trots dessa förutsättningar hade det lilla teamet inte mått bra. Pedagogik tillhörde inte en av Bertils starka sidor. Han delegerade begränsade uppgifter till Janet och Pär utan att förklara sammanhang eller teori. Han hade mycket dåligt tålamod och ett ännu sämre humör. Dörrar smälldes igen. Han skrek och tjurade.

"Han var så hård mot Janet en gång att hon började gråta", berättade Henny med uppspärrade ögon som om hon berättade en spännande spökhistoria för mig.

Dessa ord fick de positiva saker hon sagt om Bertil fram till den punkten att blekna för mig. Givetvis kunde man gråta på arbetet. Det hade jag gjort ett antal gånger. Men inte på grund av hur någon där hade behandlat mig. Och skrikit på mig hade definitivt ingen kollega eller chef gjort. Det hörde inte till vuxenlivet.

En chef som skrek på sina medarbetare?

Jag längtade efter att vara en bra chef till Janet.

Efter Bertil hade man tagit in en konsult för att leda teamet. Det hade fungerat riktigt bra. Men vips en dag dök han inte upp på kontoret och Henny fick ta emot ett samtal från bemanningsföretaget som hyrde ut honom och höra att han hade varit inblandad i oegentligheter på ett tidigare uppdrag. Pengar hade försvunnit och fram tills att allt var utrett kunde de inte ha honom hos sina klienter.

Detta hade skapat stor besvikelse på avdelningen där man hade kommit att tycka riktigt bra om konsulten. Teamet kände också att det var tröttsamt att så tätt efter hans start behöva lära upp och dessutom lära känna en ny person.

Henny tog sig då an teamet. Det var givetvis ingen långsiktig lösning. Hon hade för mycket på sitt bord redan som det var och hade inte tid även med detta. Därför bestämde man sig för att återigen hitta en dedikerad redovisningschef och denna gång valde man att först leta internt. Karola, en av de övriga tre ekonomer som varit med på min andra intervju, hade visat intresse för att prova någonting nytt och Henny ville gärna ge henne chansen, även om hon kände sig osäker på om Karolas kunskaper inom redovisning var tillräckliga. Det kunde dock vara en bra utmaning för Karola och Henny skulle stötta henne längs vägen.

Karola kom att göra mycket för teamet i form av struktur och rutiner. Hon övertalade Henny att de behövde ytterligare förstärkning för att klara av arbetsbelastningen och det var så Suzzie kom in i bilden. Suzzie hade tidigare arbetslivserfarenhet av leverantörsfakturor och ett stort intresse för bilar varför det föll sig naturligt att hon fick ansvara för hanteringen av fakturorna och alla leasingbilar.

Rent arbetsmässigt fungerade teamet väl men Karola hade det besvärligt. Hon hade börjat få en hel del arbetsuppgifter från Göran. Det blev för mycket. Hon var tvungen att gå hem ett tag. När hon kom tillbaka var det till sin ursprungliga ekonomtjänst, inte som redovisningschef.

"Det var då vi började leta efter dig", flinade Henny lyckligt som att hon kommit till det lyckliga slutet på sagan.

"Och under tiden hoppade du in som deras chef igen?"

"Precis. Det har varit en omvälvande tid för dem. De mår inte bra av stressen."

Jag förstod att det hade varit ostabilt och att detta var en grupp som behövde stabilitet. Själv skulle jag nu börja på min femte fasta anställning sedan jag började arbeta för över tolv år sedan, och på några av arbetsplatserna hade ständig förändring varit normen. Senaste året på spelföretaget var knappast normalt men även på andra ställen hade det alltså varit mycket på gång. Jag tänkte att jag kanske var mer anpassningsbar och orädd för förändring än dessa tre personer. Men det innebar inte att jag inte kunde förstå eller respektera deras önskan och behov av mer stabilitet. Jag kände mig övertygad om att jag skulle kunna hjälpa dem åstadkomma det.

Henny, däremot, verkade fortfarande övertygad om att det hela skulle bli problematiskt. Samtidigt såg jag tillit i hennes blick. Att jag och vi tillsammans skulle lyckas hantera problemen. Hon skulle finnas där för mig, vad som än hände.

Även om hon inte bad mig om det, så försäkrade jag henne om att allt skulle bra. Jag berättade om min tidigare erfarenhet som chef. Jag rannsakade mitt minne för att komma ihåg konflikter som uppstått och som vi hade löst, jag kände att det skulle ha tillfört trovärdighet. Men jag lyckades inte komma på några större sådana. Jag hade väl lyckats få ett så kallat självspelande piano den gången.

Många gånger höll Henny min blick länge och i de stunderna såg hennes leende så lyckligt och genuint ut. Fast hon var tio år äldre än mig kände jag att det var en vänskap som höll på att formas och att det nog var något hon hade längtat efter under en längre tid. Med tiden skulle hon också komma att berätta mycket för mig om dottern som hon dessvärre hade en skakig relation till. Ibland tänkte jag att hon kanske såg mig som en blandning av en vän och den förlorade dottern.

Med en utandning som kom långt, långt inifrån avslutade jag telefonsamtalet med Henny. Jag hade börjat svettas. Jag strök nu med händerna över blusen, som om svettdropparna satt på utsidan av plagget och att jag ville torka bort dem, och lät händerna till slut landa på min fina, runda kula till mage.

Vi hade blivit med barn igen! Och jag som inte ens hade hunnit börja på mitt nya jobb.

Det hade gått ofattbart fort. Men det var inte ofattbart *att* det hade hänt. För vi ville ha ett barn till och vi hade precis börjat försöka. Men att vi skulle hinna bli det mellan det att jag tackade ja till erbjudandet från VER och att jag skulle börja där tre månader senare, det hade förvånat oss. Med Morgan hade vi i och för sig lyckats på första försöket. Men att det skulle gå fort även denna gång... Jag skulle trots allt fylla trettioåtta om bara några månader.

Vi var oavsett otroligt lyckliga över denna graviditet, även om läget inte var helt optimalt. Planerat, men inte så genomtänkt.

Jag hade varit väldigt nervös när jag ringde Henny. Jag var faktiskt inte ännu i den mytomspunna tolfte veckan så vi hade inte börjat berätta om det för folk, förutom våra föräldrar och syskon förstås. Men så stor som jag var redan idag kunde jag omöjligen vänta med att berätta för Henny tills jag hunnit vara på VER en tid. Det var alldeles för uppenbart redan som det var.

Bara någon vecka tidigare hade jag slutit upp med de framtida kollegorna för en afterwork på Hotell Savoy i Malmö. Jag hade varit orolig för att de skulle upptäcka min hemlighet redan då. Men jag tror faktiskt inte att någon genomskådade mig. Dels hade jag inte haft en platt mage ens när vi sågs på intervjuerna, det hade jag aldrig haft. Dels hade jag trots allt tagit emot ett glas Chardonnay från Henny.

Jag smuttade på vinglaset i en halv evighet innan vårt bord blev tillgängligt och jag äntligen kunde lämna ifrån mig sista skvätten på bardisken. Jag hade känt att jag svek mitt ofödda barn. Kunde det finnas någon mer oskyldig och sårbar? Men titta på hur de gör i Frankrike! Nej, jag kunde inte övertala mig själv om att detta var okej. Jag skulle komma att ångra de klunkarna länge.

Tillbaka till mobilsamtalet med Henny. Efter glada hälsningar i luren och en kort avstämning kring hur vi mådde fick jag till slut ur mig min stora nyhet. Det blev tyst i luren, men inte i mer än något ögonblick. Sedan gratulerade hon mig hjärtligt. Hon sa att detta komplicerade situationen något men att vi skulle lösa det tillsammans.

Jag vet inte vad jag hade väntat mig men lättnaden spred sig som en varm sommarvind genom kroppen. Vilket bra ställe jag hade sökt mig till.

Henny bestämde där och då att vi inte skulle berätta om graviditeten för mina medarbetare förrän jag var på plats några få veckor senare. Jag litade på hennes omdöme.

Nu

"Karola heter hon."

Det svindlar till framför ögonen på mig. *Nej nej nej*, hon bara får inte börja här. Jag har ju börjat bygga upp mig själv igen. Varför ska hon komma hit? Av alla arbetsplatser i Skåne. Ekonomjobb som ju finns överallt. Varför har hon valt att söka ett jobb just där jag hade börjat? Är hon verkligen så jävlig?

Jag blir medveten om rummet igen. Charlie säger att hon vet att jag hade en jobbig tid på VER och att det var därför som hon kände att hon behövde fråga om det var något jag ville berätta om Karola.

Nu har jag min chans.

"Nej då", får jag ur mig. "Hon var inte direkt min favorit men jag tror säkert att hon hade klarat av jobbet. Hon har varit redovisningschef tidigare."

Jag sumpar min chans.

Med tunga steg återvänder jag sedan till skrivbord. Men jag hinner knappt sätta mig förrän jag vaknar ur det märkliga hypnoslika tillståndet jag hamnat i. Varför hade jag inte sagt som det var? Varför hade jag inte berättat om Karolas natur?

Jag rusar tillbaka till mötesrummet. Besvärad över att behöva bokstavera riktigt hur hemsk tiden på VER faktiskt hade varit för mig, men också upprymd över att jag kan förhindra att det händer igen. Här.

Den här gången tittar Charlie inte upp från laptoppen när jag kommer in.

"Mmm?"

"Jag måste ta tillbaka det jag sa om henne", säger jag och hoppas att min nervositet inte hörs på rösten.

"Mmm?" upprepar hon tankspritt.

"Charlie! Jag måste berätta om Karola. Vi borde *inte* anställa henne."

Hon tittar upp mot mig med sammanpressade läppar och höjda ögonbryn. Hon har redan haft sitt obligatoriska samtal med mig idag och vår stund är förbi. Med insikt om att jag har förlorat henne till siffrorna berättar jag därför så fort jag kan att Karola var en av dem som hade gjort mitt liv på förra arbetsplatsen till en mardröm. Karola är eller åtminstone var riktigt obehaglig. Jag ger till och med ett par exempel på vad hon har gjort och poängterar att det inte ens var ett år sedan som allt detta hände. Hon kan omöjligen ha förändrats på den korta tiden.

Där avbryter Charlie mig tvärt, "Nej Luisa, vi anställer inte mobbare på Asidio. Hon kan inte vara en mobbare. Vi har en väl utvecklad rekryteringsprocess och vi gör personlighetstest."

Denna logik förvirrar mig totalt och jag kommer av mig. Jag har i och för sig inte använt ordet mobbning men Charlie är alltså helt säker på att en personlighetstest kan fånga upp alla mobbare? Och eftersom Karola klarat testet så är hon inte en mobbare?

"Dessutom har man redan bestämt sig för att anställa henne så vi kan nog inte säga något som skulle ändra på det."

"Men. Varför…?"

"Jag ville bara höra med dig så att du inte hade några invändningar", säger Charlie kort och därmed är mötet slut. Igen.

Jag undrar för mig själv vad hon hade sagt om jag svarat ja på frågan om att vara intresserad av den nya tjänsten. Den var ju tydligen i princip redan tillsatt. Men framför allt undrar jag varför hon låtsats vilja höra vad jag hade att berätta om Karola. Det spelade ju uppenbarligen ingen roll. Saken var redan avgjord.

Då

Under min första graviditet gick jag upp 25 kilo. Tjugofem kilo. Det är väldigt många kilon, särskilt på en kvinna som är 1,57 meter "lång". Jag hade sett ut att vara höggravid efter bara några få månader.

Den här gången var kroppen införstådd med vad som komma skulle och det kunde inte råda några tvivel hos någon om vad som stod på när jag klev in på VER-kontoret på min första arbetsdag. De nya kollegorna tittade allvarsamt på mig och min mage och verkade glömma bort att de borde le.

Men jag var givetvis väldigt självmedveten, så att de reagerade riktigt så starkt kan ha varit inbillning.

Denna dag inleddes med ett avdelningsmöte, och det var förstås ingen som såg förvånad ut när jag berättade om mitt tillstånd.

"Jaaaa-happ, då var vi utan chef igen", suckade Janet. Hon lutade sig bakåt i stolen och tittade sig demonstrativt omkring för att få ögonkontakt med de andra. Fortfarande inte med mig.

"Ja, fast efter mammaledigheten kommer jag ju tillbaka", sa jag med ett leende som jag hoppades såg förtroende-ingivande ut.

"...och vi kommer givetvis att lösa situationen på något sätt medan Luisa är ledig", bet Henny snabbt av. Hon tittade strängt på Janet.

Min blick for runt bordet, från den ena personen till den andra. Närmast till vänster om mig satt Henny och därefter

Janet, Suzzie och Pär. Suzzie såg plötsligt väldigt trött ut. Pär log roat men skakade på huvudet som om han inte kunde tro att det han hört var sant. Till vänster om honom satt i turordning Karola, Jens och Danuta, de som skulle komma att bli mina närmsta kollegor. Därefter Jenny som jobbade med kontorsadministration, en tjänst som ibland kunde hamna lite styvmoderligt under ekonomichefen.

Karola tittade mig stadigt i ögonen och såg ut att skratta åt ett internt skämt. Det lyste pillemariskt i hennes ögon. Jag visste inte hur jag skulle tolka hennes blick.

Hur resten reagerade på informationen tog jag inte riktigt in.

Jag kände att jag hade haft rätt i mina aningar. Att Suzzies, Janets och Pärs problem med sina chefer berodde på otur. De ville inget annat än att ha stabilitet och nu när de trodde att de skulle få det genom en ny chef skulle den gå hem om ett halvår.

Jag kände mig generad och jag köpte att de inte tog situationen med ro. Jag började önska att Henny hade förvarnat dem om min graviditet. Då hade de kanske hunnit smälta tanken till viss del och vårt uppstartsmöte hade kunnat upplevas som något positivt och en början på något bra. I stället för som nedräkning till en lång frånvaro.

Det sades inte mycket mer på mötet. Henny bestämde rätt som det var att mötet var slut och att vi skulle prata mer om detta imorgon, efter att alla hade sovit på saken.

Själv hade jag gärna pratat mer om situationen redan nu med åtminstone mitt team. Men ännu en gång lät jag Henny bestämma. Hon kände dem bäst och hon var en mycket mer erfaren ledare än vad jag var.

Jag skulle ta och prata med dem en och en. Om detta, liksom om mycket annat. Vi hade så mycket att göra och så mycket framför oss. Men givetvis skulle de först få lov att hinna smälta saken en aning innan jag satte i gång med något nytt.

Precis som alla andra fick jag ett eget kontor. Mitt var markant större än Suzzies, Janets, Pärs och Danutas trånga rum men mindre än Karolas, Jens och Hennys. Deras var i sin tur väldigt mycket mindre än Görans. Jag såg det tydliga signalvärdet i detta. Liksom i att Hennys och Görans rum låg på en sida av den långa gången vi satt i, medan resten av oss var på den andra sidan.

Henny berättade för mig att hon egentligen hade velat ge Karolas rum till mig så att jag skulle få mycket plats men så hade hon kommit att tänka att det kanske var viktigare för mig att sitta så nära som möjligt mitt team. Jag skrattade och sa att rummet de hade gjort i ordning åt mig skulle bli jättebra. Vad skulle jag med en massa yta till? Jag hade inte ens behövt ha ett eget rum. Trots att detta var min femte arbetsplats så var det enbart andra gången som jag hade ett eget rum. Den förra gången hade jag dock efter ett tag bett en kollega flytta in hos mig och det hade han gjort.

Jag tänkte att det kanske snarare hade underlättat samarbetet om vi fyra hade suttit i ett större, gemensamt rum men jag skakade av mig det. Det var bara för mig att vänja mig vid hur det var här.

"Knack knack", sa Karola med en mörk, skämtsam röst och sedan kom hon skrattandes in.

Hennes vanliga röst var väldigt nasal och hon hade ingen melodi i sitt tal vilket fick det att låta som att hon var ständigt ironisk. Jag gissade att hon var i min ålder, vilket kändes roligt. Hon var lång och kraftig och hittills hade jag aldrig sett henne i något annat än raka klänningar som dolde hennes kurvor. De påminde mig om gravidklänningarna min mammas generation fick utstå. Hon hade småkrulligt brunt hår ner till hakan och i pannan satt det alltid en klämma som höll undan håret från ansiktet. Hon hade manliga ansiktsdrag, men var ändå söt med en liten uppåtnäsa och ögon som ständigt kisade.

När hon skrattat färdigt frågade hon om jag vill hänga upp något på mina väggar eller skaffa en blomma eller två. I så fall var det bara att gå ut och köpa och sätta upp det på reseräkningen. Jag tänkte att det väl var trevligt att jag kunde göra så och att det var en trevlig sak att berätta för mig som ny, men samtidigt var min instinktiva reaktion på detta ändå negativ. Jag vet inte om det var småföretagardottern i mig som reagerade på det onödiga i sådana utgifter eller om det var paniken av tanken på att jag skulle sitta här så länge att jag behövde göra mig riktigt, riktigt bekväm med egen rekvisita och allt. Eller som om jag själv rent av var ett av inventarierna.

Karola drog med mig in till sitt rum och visade mig sina tavlor och orkidéer. Jag log artigt men kände mig fortfarande oförstående. Längre fram skulle hon komma att föreslå att vi införskaffade inte mindre än två kontorsstolar till mig, då jag hade svårt att välja mellan de olika modellerna som ergonomen rekommenderade. Förmodligen hade vi olika bakgrunder i karriärsryggsäcken. Jag hade framför allt arbetat på ställen där pulsen var hög, ruinen ständigt närvarande och där vi hade fått kämpa för att kunna betala leverantörerna innan de drog in inkasso i bilden. Jag visste inte vad Karola hade för tidigare arbetslivserfarenhet men om hon alltid hade varit här så insåg jag att jag stod inför en kulturkrock. Jag skulle behöva släppa på vissa föreställningar för att passa in.

Mitt rum, som låg inklämt mellan Janets och Karolas rum, var i alla fall ett fullt fungerande sådant. Det stora, svängda skrivbordet var placerat så att jag tittade mot dörren och det gladde mig då det kändes välkomnande. Jag hade även en stol för besökare.

Mitt i bordets sväng stod datorskärmen och tangentbordet. Till höger om det låg ett block med företagsloggan på och ovanpå det en pin med densamma. Henny blinkade med ena ögat när hon såg att jag hade uppmärksammat knappen. Som på kommando plockade jag snabbt upp den för att fästa den på min topp men insåg att det inte skulle bli bra då jag hade en vanlig bomullstopp på mig, och den ville jag inte göra hål i. Jag hade inte så mycket kläder jag kom i nu.

Jag fingrade motvilligt på nålen medan jag tänkte på detta och till slut tryckte jag fast den ändå.

Henny gav mig tummen upp och gick sedan sin väg. Jag tittade på knappen och undrade om jag förväntades ha den på mig varje dag. Jag såg nog ut som att jobba på McDonalds med den på.

Längst med ena långväggen fanns bokhyllor som var mer eller mindre fyllda med pärmar. Jag bläddrade hastigt i ett par av dem men innehållet sa mig inget. Jag antog att någon av kollegorna skulle förklara för mig ifall det var något särskilt jag behövde dem till eller om det bara var som man inte hade hunnit arkivera. Det skulle ge sig. Jag tänkte vara här länge. Inte så länge som en inventarie, men ändå.

Min andra dag samtalade jag lite mer med mitt team. Knackade på deras dörrar och frågade glatt om jag fick komma in en stund. Hade ingen agenda utan ville bara att vi skulle börja lära känna varandra. Hur mycket de berättade varierade. Janet sa inte ett ord mer än nödvändigt. Hon svarade kort och gott på mina frågor. Det var egentligen inte ett samtal. Hon satt som ett ljus med händerna i knät och betedde sig som om hon blev förhörd. Jag hoppades att hon bara var reserverad och att hon med tiden skulle slappna av i mitt sällskap.

Suzzie och Pär var däremot pratglada och tillmötesgående. Vi kom oundvikligen in på att tala om avdelningens tidigare chefer. Samtalen bekräftade ytterligare min känsla av att teamet hade haft otur på den fronten, och att de därför hade börjat känna sig oroliga. De hade under en rätt så kort period haft fyra chefer. Bertil som hade varit kunnig men sträng, ilsken och oberäknelig och som hade fått Janet att gråta. Detta berättade Pär och även Suzzie trots att hon inte hade varit här på den tiden. Men hon hade hört. Janet själv berättade inte om den incidenten. Det märktes dock med all tydlighet att hon inte tyckte om Bertil. Om möjligt stelnade hon till ytterligare när han kom på tal. Hon verkade vänta på att jag skulle byta samtalsämne.

Den inhyrda konsulten som kom efter Bertil hade varit bra, enligt Pär och Janet. De tyckte att det var taskigt och onödigt av bemanningsföretaget att ta tillbaka honom så där plötsligt. De hade gärna sett att han fått stanna.

Henny som de av och till hade haft som chef var rätt så bra men otillgänglig och de behövde en närvarande chef.

Och slutligen Karola som hade varit den bästa. De önskade att saker hade utvecklats på ett annat sätt så att de hade fått behålla henne. Hon hade varit en av dem. Hon *var* en av dem.

Orden sved en aning men jag visade förhoppningsvis ingenting. De visste ju knappt någonting om mig så det var inte som att de kunde jämföra. Jag kunde faktiskt inte vara avundsjuk på deras tidigare chefer, påminde jag mig själv.

De verkade störas i olika utsträckning av det faktum att jag snart skulle gå på föräldraledighet. Pär verkade inte bry sig så jättemycket, faktiskt. Men det gjorde de andra. Jag försökte lugna dem med att min plan var att vara här en längre tid. Så graviditeten innebar bara en senareläggning av planerna. De nickade men sa ingenting.

Jag tillbringade mina första dagar med att orientera mig, och att börja lära känna teamet. Jag fortsatte prata med dem en och en. Bland annat för att höra med dem vad de förväntade sig av mig och hur de tyckte att en bra chef var.

Pär lutade sig då långt fram, spärrade upp ögonen samtidigt som han log snett mot mig och sa lugnt, "Chefer får bra betalt. De får gå kurser och de läser böcker. Jag ska inte behöva berätta för en chef hur en chef ska vara."

Hans leende stelnade och han satte sig till rätta igen.

Jag skulle tro att Pär var runt två meter lång. Gänglig och med ett ungdomligt utseende, trots att han säkert liksom jag närmade sig de fyrtio. Fram till nu hade jag uppfattat honom som vänlig och okomplicerad. Nu kunde jag inte hjälpa att känna mig lite olustig till mods. Inte så att jag kände mig rädd för honom men hade han använt andra ord med det kroppsspråket hade hans sätt att prata med mig låtit som ett hot. Nu var det inte det men det var ändå obehagligt att han hade att valt att prata med mig på det viset. Jag skulle uppenbarligen veta min plats men jag förstod inte varför han eventuellt kände så i ett läge där jag bara försökte höra med honom om hans förväntningar på mig.

I strid med mina instinkter tackade jag honom för hans rakhet. Samtidigt tänkte jag för mig själv att han faktiskt hade varit osmart. Som satte något behov han hade, ett behov som jag inte kunde definiera, framför ett tillfälle att uttrycka för chefen vad han behövde. Tänk om jag med lätthet hade kunnat ge honom vad det nu var han behövde. I stället skulle jag behöva leka detektiv. Det kunde ta tid. Och det kunde bli fel.

Janet fnös oimponerat när hon fick samma fråga. Hon svarade sedan med ett skevt leende att hon inte behövde någon chef. Här var det en *ledare* som behövdes.

"Givetvis", log jag tillbaka och noterade mentalt att ordet *chef* tydligen inte gick hem här. Och givetvis ville jag bli deras ledare. Men det är inte något man är dag ett. Chef var jag däremot redan och lite vägledning hade jag uppskattat. För hur skulle jag veta vad just dessa tre personer hade för behov? Jag var inte tankeläsare.

Med Suzzie hade jag de längsta samtalen. Hon tog ivrigt emot mig i sitt krypin där det tyvärr, liksom hon själv, luktade rök. Liksom Karola var hon lång och rätt så kraftig. Men hennes personlighet kändes mindre. Hon hade en försiktig, misstänksam blick och ett blygt leende. Jag kände automatiskt att jag litade på henne. Hon tog tillfället i akt och berättade att det hon behövde var någon som hjälpte till med att fördela arbetet i teamet. Hon sa att det inte var rättvist fördelat mellan dem tre. Hon arbetade klart mest medan Janet arbetade minst. Jag sa att jag givetvis skulle titta på det för så kunde vi inte ha det. Jag frågade om hon hade några tankar redan nu på uppgifter hon hade kunnat lämna ifrån sig. Hon hade inget svar på det. Men fördelningen var orättvis. Arbetsuppgifterna hade fördelats mellan dem för länge sedan och därefter hade det förblivit på det viset, trots att Suzzies del hade ökat i kvantitet. Hon satt som sagt framför allt med leverantörsfakturor, vilket man på VER genomgående och lite egensinnigt kallade för räkningar, och leasingbilar. Och i takt med att antalet filialer ökade genom fusioner och att verksamheten växte blev givetvis antalet fakturor och bilar större.

Jag hade råkat ut för något liknande där jag tidigare var redovisningschef. Där hade de som kände sig förfördelade inte heller kommit med förslag på hur det kunde se ut i stället. Man kanske inte ville stå till svars när den mottagande kollegan undrade varför en omfördelning höll på att ske? Men två gånger hade vi stuvat om på arbetsuppgifterna där och båda gånger hade det blivit bättre efteråt.

"Har du lagt märke till att ditt team arbetar färre timmar än alla andra här?" stod Karola plötsligt i min dörröppning en dag och smålog.

"Vad sa du?"

"Har du inte lagt märke till att Janet alltid går hem först av alla?"

Det hade jag inte. Hur skulle jag ens ha hunnit märka det? När jag däremot i slutet av den månaden attesterade teamets löneunderlag märkte jag, utöver att Suzzie hade hiskeligt mycket övertid, att även Janet hade registrerat övertid. Jag fick inte ihop det för efter Karolas hint hade jag faktiskt börjat lägga märke till att Janet i regel både kom till jobbet senare än mig och gick hem tidigare än mig. Trots att jag inte hade jobbat mer än heltid.

Att jobba övertid var för övrigt inte något jag satte prestige i. Och i dagsläget hade jag dessutom inte tillräckligt med arbetsuppgifter för att sysselsätta mig ens under mina fyrtio timmar.

Jag gick för att diskutera detta med den tystlåtna personen på HR, den som hade närvarat vid min första intervju. Hon nickade genast, hon var väl medveten om problemet. Hon berättade att tills för ett litet tag sedan hade vi haft 37-timmarsvecka på företaget. Men detta hade tagits bort. För alla. Nu gällde de normala fyrtio timmarna för all personal. Mitt team hade dock motsatt sig detta och fortsatt arbeta som tidigare. Det visste alla, berättade hon.

Ingen hade gjort något åt detta och hon var glad för att jag verkade vilja dra i det.

Jag tyckte det var märkligt att detta hade fått fortgå. Jag tyckte också att det var orättvist att *jag* skulle måste ta tag i det, ett problem som hade uppstått långt innan jag klev innanför dörren. Men så fick det väl vara då. Det kändes inte som en jättestor grej.

HR-personen sa att hon kunna hjälpa till genom att ännu en gång skicka ut information till alla om skiftet till fyrtio-timmarsvecka. Det uppskattade jag och tackade ja till.

Jag bestämde mig för att genast ta ett samtal med Janet om både arbetsfördelning och hennes timmar. Jag började med att berätta att jag skulle göra en kartläggning av teamets arbetsuppgifter med syfte att säkerställa att fördelningen var rättvis. Jag frågade henne om hon kände att hon hade utrymme att ta sig an fler uppgifter. Det hade hon inte. Jag nämnde hennes senaste löneunderlag och att det funnits uppgift om övertid på den. Jag frågade om hon hade arbetat hemifrån. Nej, det hade hon inte. Jag frågade om hon räknade övertid som tid utöver de tidigare avtalade 37 timmarna. Det gjorde hon inte.

Jag kom ingen vart med denna fråga så jag bestämde mig för att inte pusha henne mer. Timmarna i detta löneunderlag kanske bara var en engångsgrej. Timmar hon missat att registrera tidigare.

När jag berättade för Karola om mitt samtal med Janet skrattade hon roat. Det kanske var lite roligt. Hon föreslog att jag införde tidredovisning igen. För det hade de faktiskt haft när hon var deras chef.

Tanken var inte främmande för mig. Förutom att vi hade haft det på två av mina tidigare anställningar, hade HR-chefen på det andra stället där jag varit chef förslagit att jag införde det för mina medarbetare, men det gjorde jag inte då jag inte såg någon anledning till det. Men det gjorde jag nu. Jag började genast skapa en excelfil för tidredovisningen. Men det var något jag inte fick rätt på i formlerna för att räkna timmar så jag frågade Karola om hon kunde skicka mig den mall som hade använts tidigare. Hon letade ett litet tag, medan jag stod där, men sa till slut uppgivet att hon inte kunde hitta den. Så jag jobbade vidare med min fil trots allt och den blev till slut hyggligt bra.

Jag hade infört veckomöten med mitt team och på nästa möte frågade jag om de alla hade läst mejlet från HR. Det hade de. Jag frågade om de hade accepterat och anpassat sig till ändringen om fyrtiotimmarsvecka. Det hade de också.

"Så bra", sa jag.

Jag berättade att jag ville få bukt med den övertid som jag hade förstått att vi hade i teamet. Som ett första steg behövde vi kartlägga situationen och därför bad jag dem börja fylla i sina timmar i en excelfil som jag skulle skicka ut efter vårt möte. Jag hade redan börjat prata med dem individuellt om deras arbetsuppgifter och vi skulle fortsätta titta på det tills alla kände att arbetet var jämnt och rättvist fördelat.

Jag möttes av fullständig tystnad.

Jag fortsatte prata en stund men kunde till slut inte längre låtsas som ingenting. De var inte subtila. De satt med armarna i kors och blickarna i golvet. De tjurade. Jag fick nästan tvinga dem att prata och förklara för mig vad problemet var.

De svarade till slut med upprörda röster att jag inte litade på dem. De tyckte att vi lika gärna kunde ha stämpelklocka. Alla tre verkade lika upprörda.

Jag förtydligade att det handlade om kartläggning och att exponera en eventuell ojämn fördelning. Att jag hade svårt att tänka mig att de skulle vilja att situationen var orättvis för någon av dem. Jag sa att jag inte kunde förstå varför detta var en stor sak med tanke på att de hade haft tidredovisning redan när Karola var deras chef.

"Va?"

Något sådant kände de inte till.

DEL 2

Nu

När Karola kliver in på sin nya arbetsplats, på *min* arbetsplats, ser hon ut som en annan person än den jag kommer ihåg från VER. Det tidigare självbelåtna, skadeglada leendet har ersatts av ett vänt, nyfiket sådant. Där hon som person tidigare hade tagit plats och varit rå, verkar hon nu reserverad och inkännande. Jag är fullt medveten om att jag inte har släppt det gamla och att jag inte ser på henne med neutrala ögon. Men det är svårt för jag mår faktiskt fysiskt illa av att bara vara i hennes närhet och av att iaktta hennes spel. Det jag tolkar som ett spel, det vill säga. Jag hade föredragit att se den gamla, riktiga Karola. Då hade mina nya kollegor så småningom sett samma sak och jag hade inte blivit ensam igen. Jag har känslan av att hon kommer bli omtyckt även här.

Efter samtalen med Charlie hade jag bestämt mig för att inte berätta för fler personer om min erfarenhet av Karola. Jag hade ju gått vidare. Eller jag var i alla fall på gång med att gå vidare. Min reaktion av att se henne nu säger mig att jag inte kommit så långt som jag önskat.

Jag hade varit trasig efter tiden på VER. När jag sökte mig därifrån undvek jag kategoriskt att söka chefsjobb. Det inslaget som jag hade sett fram emot så mycket innan jag började där. Jag kunde inte, orkade inte. Jag hade misslyckats som chef. Det var även ett misslyckande att därefter *inte* söka sådana jobb. Det var trots allt den naturliga utvecklingen för en redovisningsekonom med driv. Att bli redovisningschef och därefter kanske ekonomichef. Nu visste jag var mitt tak låg. Rekryterare visste däremot inte det och jag blev fortsatt kontaktad av dem för sådana positioner. Jag sa blankt *nej*, jag var inte intresserad. Jag förklarade att jag enbart sökte specialistjobb, i alla fall i dagsläget.

Det var ett sådant jag fann på Asidio. Här kom jag att arbeta med koncernredovisning och en massa rapportering. Förutom att jag hade mycket att lära då försäkringsbranschen var ny för mig var arbetsuppgifterna i sig ingen större utmaning, jag hade arbetat med liknande saker tidigare. Men det passade bra där jag var i livet. Både som småbarnsförälder och där jag kände att jag var mentalt efter VER. Arbetsbördan var stor men tillvaron var ändå rätt så stressbefriad. Stressen av mycket att göra är en annan än stressen som kommer från utfrysning eller av att motarbetas. Här stack jag dessutom inte ut, vilket var bekvämt. Här var vi väldigt många ekonomer och min chef, Charlie, var inte särskilt intresserad av att jag eller min närmsta kollega skulle ta plats eller avancera.

Jag minns att jag reagerade rätt så kraftigt precis i början på av att mina nya kollegor var så trevliga. Jag hade arbetat med trevliga människor tidigare men den faktiskt mycket korta tid jag varit på ett ställe där det inte varit så hade satt djupa spår i mig. Jag förundrades av detta. Att något negativt som hänt under en så kort tid kunde rasera det jag byggt upp under en mycket längre tid, i form av självkänsla och trygghet i sociala sammanhang. Min anställning på VER hade trots allt bara pågått i sjutton månader varav jag hade varit på plats i ett halvår. Resten av tiden var jag föräldraledig, en tid där jag kom att vara fullt upptagen med att slicka mina sår.

Nu hade jag i alla fall börjat göra mig bekväm och jag skulle inte låta det eller dem som varit komma och förstöra för mig igen.

Nej, jag skulle inte berätta för fler personer om min erfarenhet med Karola.

Leif, en fantastisk chef som jag hade för väldigt många år sedan ringer plötsligt till mig. Vi pratar sällan. Det börjar genast pirra i maggropen då jag får för mig att han kommer erbjuda mig ett jobb. Det hade varit något. Jag har alltid tänkt att om han någonsin gör det igen så kommer jag släppa allt och tacka ja. Men samtalet tar en annan vändning.

"Luisa! En av dina tidigare kollegor från VER har sökt en tjänst hos mig."

"Jaha", suckar jag besviket.

"Men jag vet ju hur du hade det där", fortsätter han upprört. "Aldrig i livet att jag skulle anställa någon av dem!"

Jag ler för mig själv åt Leifs lojalitet. "Vem var det?"

"Em... vänta", han verkar bläddra bland papper. "Danuta, tror jag."

"Okej. Nä, men hon är okej. Hon är duktig och hon var inte en av dem jag berättade för dig om."

Men Leif är uppe i varv och verkar inte ta in det jag säger, "Nej! Så att hon kommer *inte* att börja hos mig! Hon..."

"Leif! Leif!" skrattar jag. "Stopp! Jag sa att det inte är någon fara. Hon är alltså okej."

Han är tyst en liten stund och sedan skrattar vi båda åt hans iver.

Tänk så olika Charlie och han reagerade på det jag hade att berätta. Leif tänkte agera. Och tänk också hur viktigt det kan vara med referenser, inte bara dem man faktiskt ber att vara ens referens, utom framför allt de som arbetsgivaren själv kan hitta. Det vill säga om referensen inte bara kontaktas som en uppgift att bocka av, utan faktisk betydelse för utgången.

Jag hör henne bakom mig i det öppna kontorslandskapet. Hon går runt och blir presenterad.

Jag avskyr hennes nasala röst.

Jag kan inte arbeta medan jag väntar in henne. Jag har inget annat i huvudet och kroppen än att få det initiala mötet överstökat.

Så dyker hon till slut upp bakom bokhyllan och hälsar på mig. Lika vänligt som jag hört henne hälsa på alla andra. Hon ser faktiskt glad ut för att se mig.

Jag å min sida är artig men jag ger henne inte mer än vad jag är tvungen. Var det så här Janet av någon anledning kände för mig när vi två träffades för första gången? Varför, i så fall?

I Karolas och mitt första möte på denna arbetsplats hade en ovetande iakttagare kanske reagerat över att vi inte kramades, trots att vi uppenbarligen kände varandra sedan tidigare. Det hade i och för sig sett ut som att Karola var på väg att krama mig. Men här skulle det inte kramas. Hon skulle aldrig få tro att jag hade glömt någonting, att det var okej mellan oss. Däremot fick hon gärna tro att jag inte brydde mig om henne.

Jag skulle komma att ständigt vara kylig mot henne samtidigt som mitt inre alltid var allt annat än lugnt eller likgiltigt. Jag påverkades jättemycket av att vara i samma rum som henne och kom aldrig att vänja mig.

Tyvärr kom vi alltså att sitta i samma rum, men det var trots allt ett stort kontorslandskap. Jag behöver inte se henne när jag sitter på min plats. Jag sitter till och med med ryggen vänd mot fyrklövern där hon sitter. Eventuellt har Charlie haft något med detta att göra. Hon har faktiskt sagt att jag inte behöver ha med Karola att göra i mitt arbete.

Jo, det gör jag eftersom du inte satte stopp för hennes anställning, trots det jag berättade för dig.

Det Charlie sagt påminner mig om när Kajsa på spelföretaget sa att jag kunde kringgå veckans chef och alltid gå till henne i stället. Ineffektivt. Liksom de flesta människor ogillar jag konflikter, men jag tycker ännu sämre om outredda konflikter. Jag vill komma till botten med saker, lösa alla knutar. Idag är det dock skönt att min chef eventuellt har gjort så att jag åtminstone slipper titta på Karola dagarna i ända och att hon nu till och med säger att jag slipper prata med henne. Det räcker att jag ska behöva höra hennes igentäppta och extremt monotona röst varenda dag. Hennes råa jargong och användning av slang som hon är tjugo år för gammal för att använda. Liksom det ständiga pepprande av organisations-termer på engelska som att hon behöver visa att hon har läst en ny artikel eller faktiskt har en utbildning.

Jag är stingslig och orättvis. Jag har inte kommit över Karola.

Återigen sitter jag i ett litet mötesrum. Den här gången tillsammans med Charlies chef, som berättar om ett projekt hon vill att jag ska leda. Det är ett ganska stort projekt. Det ligger helt inom mitt kompetensområde. Jag kommer behöva ha mycket kontakt med andra personer i organisationen för att komma i mål. Undersöka, övertala, bestämma, förklara. Jag får ett panikångestanfall där och då. Jag får be henne pausa flera gånger för att sedan börja förklara på nytt. Jag kan inte ta in det hon säger. Jag tror det är mitt första anfall på sju år. Jag kan inte göra detta. Det är för stort. Jag som har hållit i utbildningar för ledningar och hela avdelningar. Ändå är detta uppdrag, där jag kanske kommunicerar med en person i taget och då säkerligen oftast via mejl, för stort.

Då

Suzzies dörr var stängd när jag kom till kontoret morgonen därpå. Hon verkade alltid vara först på plats av oss fyra. Jag såg genom fönstret bredvid hennes dörr att hon arbetade fokuserat. Jag funderade en sekund på om jag skulle knacka på bara för att säga *hej*. Men tänkte att hon väl behövde koncentrera sig ordentligt på något. Synd, jag hade gärna hunnit snacka med henne innan de andra kom. Sanningen var att jag kände mig rätt så nervös.

Mötet igår hade verkligen inte gått som tänkt. För den som gjorde det den skulle, som inte hade något att dölja, borde inte tidredovisning vara en grej. Särskilt inte för den som till och med tagit upp med mig att fördelningen i teamet var ojämn, det vill säga Suzzie. Men de hade alla tre reagerat på samma sätt, med ilska. Och inte på ett produktivt sätt. Vi hade inte lyckats föra en diskussion om saken. Det skulle kanske komma idag. De behövde väl bara hinna smälta även detta något. Detta, liksom att jag var med barn.

Pärs och Janets rum stod tomma så jag gick vidare in till mig. Men åh! Jag ville ju prata med dem alla nu. *Nu nu nu.* Detta var verkligen jag i ett nötskal. Både vad gällde gårdagens raka puckar och mitt bristande tålamod idag. Konfrontationer hatade jag men jag tog dem och jag ville ta dem så fort som möjligt. Jag behövde veta var landet låg så att jag kunde göra något åt saken. Plåster, likaså, skulle slitas loss så fort som bara möjligt. Det gjorde inget om blodet kom forsande.

Motvilligt satte jag mig i mitt rum tills vidare. Slog i gång datorn och kollade inboxen. En skenmanöver för jag fick knappt några mejl ännu. Och vad kunde jag mer göra i datorn? Hade tyvärr inte hunnit få någon genomgång av några av våra system. Vi verkade ha hur många ekonomiska system som helst, och vad jag förstod var inget av dem integrerat med något av de andra. Jens var tydligen den som kunde alla systemen bäst. Jag hade inte hört något om en plan för min introduktion till systemen men jag antog att den skulle komma. Inte så att jag hade haft särskilt mycket till introduktion eller överlämning på de tidigare ställen jag varit på heller. Jag vet inte vad det berodde på egentligen, det kanske rentav inte var så vanligt med sådana för mer erfarna ekonomtjänster. Eller så kom jag igång så snabbt på egen hand att chefer som inte förberett ordentligt inför min introduktion redan vid start, snart kom att känna att det ändå inte skulle behövas en formell sådan.

Det kanske låg i linje med mitt behov av att lösa konflikter så fort som möjligt. Som nyanställd hoppade jag i regel in i någon arbetsuppgift och nystade mig vidare därifrån till nästa. Det hjälpte också att ett par av de system som jag arbetat med tidigare hade funnits på fler än en av mina arbetsplatser. Inget av systemen på VER hade jag däremot råkat ut för tidigare eller ens hört talats om. Inte ens när jag arbetade på revisionsbyrå och regelbundet var ute hos olika klienter med olika system. De som vi hade här hade lika gärna kunnat vara på grekiska. Svarta skärmar man tabbade sig fram i en cell i taget i Commodore 64-liknande vyer. De kändes inte intuitiva och jag misstänkte att utan introduktion hade det krävts en tjock utskriven manual för att jag skulle lära mig hur de funkade. Och en sådan hade jag inte.

Jag kunde inte tro något annat än att en introduktion skulle komma, så jag fick bara snällt hålla ut till dess. Jens såg dock i regel rätt stressad ut. Hans ansikte hårt sammanpressat och dörren till hans rum ständigt stängd. Så han hade nog svårt att hinna med någon introduktion. Var han stressad var det i och för sig desto större anledning att börja lära upp mig så fort som möjligt.

Äntligen hörde jag röster i korridoren. Nu var ju detta en dag där jag hade något på hjärtat men även generellt var jag rätt lik en vallhund som ville hålla ihop sin flock. Snabbt ställde jag mig upp och rundade bordet men jag var inte snabb nog. När jag kom ut i gången var det tomt i två av deras rum. Till det tredje rummet var dörren stängd och där inne kunde jag se att Suzzie, Pär och Janet stod och pratade.

En illavarslande känsla började gnaga i magen på mig.

Men lugn, bara lugn. Jag påminde mig själv om att jag var chef nu. Mina medarbetare behövde säkert prata med varandra om det som hade hänt dagen innan och det var ju klart att de *fick* göra det. Även om jag hade alla förhoppningar om att vi fyra skulle bli ett sammansvetsat team och vem vet, kanske till och med vänner, så fick jag acceptera att det fanns en skillnad och att det ibland skulle finnas en gräns som jag behövde respektera.

Alltså fick jag gå tillbaka till låtsasdelen av mitt jobb ett tag till. Givetvis hade inga fler mejl hunnit kommit sedan jag kollade för tio minuter sedan och jag kunde inte läsa de få mejl jag faktiskt hade fått fler gånger än vad jag redan gjort. Var det verkligen dags att börja bläddra i pärmarna? Gjorde ett taffligt försök men dokumenten i dem sa mig väldigt lite. Det fick i stället bli att läsa interntidningen. Jag hade redan ögnat igenom den men nu såg jag det som en legitim arbetsuppgift att läsa det senaste numret, om kanske även äldre utgåvor, sida upp och sida ner.

"Hejsan Janet", fick jag äntligen tillfälle att hälsa på väg tillbaka från receptionen med tidningen i handen. Lite försiktigt för att inte skrämma slag på den späda människan där jag kom gåendes bakom henne i korridoren.

Utan ett ord svängde hon in till sitt rum och stängde dörren efter sig.

Nästan i chock svängde jag i min tur in i mitt rum. Stängde inte min dörr däremot. Givetvis inte.

Mitt hjärta sjönk. Vad var detta? Nej, detta var förstås ingenting. Hon måste bara inte ha hört mig.

Bara en liten stund senare mötte jag Pär i korridoren.

"Hej", sa jag och log. Jag trodde i alla fall att jag log.

Det gjorde i vart fall inte han. Han tittade bara rakt fram, förbi mig och fortsatte gå mot sitt rum. Utan ett ord.

"Jag sa hej?" upprepade jag snabbt. Ängsligt?

Han vände sig om och mumlade, "Mm. Hej." Gick in till sig och stängde dörren.

Så här fortsatte dagen. De svarade motvilligt på tilltal. Dörrarna hölls stängda. Rätt så ofta satt de inne hos varandra. Ibland var Karola hos dem.

När jag mot slutet av dagen ville göra ett nytt försök möttes jag av tre tomma rum. De hade alla gått hem utan att säga hejdå till mig. Trots att jag suttit på min plats i princip hela dagen. Alldeles i närheten av dem.

Morgonen därpå bokade jag genast ett mötesrum och när teamet dök upp gick jag in till dem en efter en för att be dem komma till rummet en stund senare.

Jag sa att så här kunde vi väl inte ha det. De spelade oförstående. Jag förklarade att de hade ignorerat mig dagen innan, att de inte ens hade svarat på tilltal. Vi ville väl inte arbeta på en plats där vi inte kunde säga *hej* till varandra. De höll motvilligt med. Jag frågade vad problemet var men fick ingen riktig respons.

"Vi måste kunna prata med varandra", sa jag frustrerat. Vi stod givetvis i allra första början av vår relation så en djupare kommunikation syftade jag inte på. "Jag måste säga att jag blev väldigt illa berörd av att ni inte ens hälsade på mig igår. Jag drömde mardrömmar."

"Och vi drömmer mardrömmar om dig!" spottade Janet genast ur sig.

Om mig? Hur kunde de göra det? Vad hade jag gjort som kunde orsaka mardrömmar hos dem?

Jag tittade oförstående på henne där hon satt mittemot mig, med sitt vanliga avvisande kroppsspråk som skrek att hon hade en pinne i rumpan. Men nu med en ilska om sig som såg alldeles för gammal för ut för att riktas mot mig som hon jobbat med i bara någon vecka.

Det som följde var en upprepning av förra mötet där orden stämpelklocka och bristande tillit upprepades flera gånger.

Jag försökte summera upp min avsikt med det förra mötet. För allas välmående ville jag säkerställa att arbetsfördelningen var jämn i teamet och även att det inte arbetades för mycket. För att inte bara gå på känn behövde jag fakta och tid var något faktiskt som kunde mätas och som kunde ge en indikation på att någon arbetade för mycket.

Sedan att jag hade hört det viskades om att en av dem jobbade mindre än avtalat, det var något jag inte behövde säga rakt ut där och då. Om det var så, vilket jag egentligen inte kunde vara helt säker på, så var det en gammal synd som uppstått för länge sedan, inte medan teamet var mitt ansvar. Nu hade informationen om övergång till fyrtio-timmarsvecka gått ut på nytt och jag hade fått Janet att muntligen bekräfta att hon arbetade utifrån detta, så jag fick se det som clearat. Jag hade även i ett enskilt samtal med henne visat att jag var förundrad kring när hennes övertids-timmar skulle ha uppstått. Men det var mellan mig och henne. Det borde inte vara ett problem för hela teamet. Framför allt inte för Suzzie som var den som först hade uppmärksammat mig på det hela.

Tid i sig var en omodern mätare för prestation. På individ-nivå tyckte jag nog som många andra att bara man utförde sina arbetsuppgifter, på en godtagbar nivå förstås, gjorde det inget om en person arbetade till exempel fem timmar mindre. Men i en tjänst där man fick övertidsersättning och där till och med personalavdelningen antydde att det fuskades, där var det inte okej. Framför allt inte om kolle-gorna i teamet anade fusket. Här behövde jag som chef agera. Och det var det jag hade gjort.

Jag upplevde att jag sa samma saker om och om igen. Som en stereotypisk amerikansk turist som bara höjer rösten och säger samma sak en gång till för att den icke-engelsktalande personen ska förstå.

Jag hörde även att jag var fyrkantig. Men också logisk och om de bara hade försökt lyssna på min logik så trodde jag att de skulle hålla med mig till slut. För jag var ju verkligen ute efter deras egna bästa.

Men deras stela kroppar och bestämda blickar sa mig att de inte tänkte acceptera någonting jag sa. I detta möte kändes det som att de hade förvandlats till tre barn som gemensamt bestämt sig för att inte acceptera något annat än glass till middag.

"Vi glömmer det", sa jag, när dödläget inte gick att ignorera. "Vi struntar i tidredovisningen. Men jag kommer fortsätta se över fördelningen tills ni alla känner att den är rättvis."

Jubelropen uteblev men jag märkte på deras miner och hur de satt, att de slappnade av.

De skulle komma att förstå hur jag tänkte. Men det verkade inte fungera att prata med dem i grupp. Eller rättare sagt hade jag inte listat ut ännu hur jag skulle prata med dem i grupp.

Efter mötet följde jag med Suzzie till hennes rum. Jag frågade försiktigt om jag fick komma in. Jag kände mig osäker på om jag skulle få komma in i detta rum som numera i regel hade dörren stängd.

"Visst", suckade hon tungt.

Jag satte mig ner på hennes extrastol och lade märke till hur hon genast satte i gång med att stansa in fakturor i ett av systemen, i stället för att lyssna fokuserat på mig.

"Varför är *du* upprörd?" frågade jag. Och innan hon hann svara fortsatte jag jäktat, "Det är ju dig jag försöker hjälpa. Du har ju berättat för mig hur mycket du har att göra, medan Janet..." Jag försökte komma ihåg vilka ord hon faktiskt hade använt. "Du sa till mig att arbetsbelastningen inte var rättvis. Jag försöker hjälpa dig."

Hon suckade igen.

"Jag är helt övertygad om att du jobbar dina timmar, Suzzie. Idéen med tidrapportering var inte på något sätt riktad mot dig. Jag försöker hjälpa dig."

"Okej då", sa hon och tittade uppgivet på mig.

Det var något.

"Jag behöver sätta mig in i era arbetsuppgifter", fortsatte jag medan järnet var varmt. "Påbörja den där kartläggningen. Vad sägs om att du och jag börjar titta på dina bitar nu i veckan?"

Vi kom överens om det och jag kände mig riktigt, riktigt nöjd.

Det var något. Något jag kunde starta från. Något jag kunde göra. Någon jag skulle börja samarbeta med.

Jag sjönk ner i Hennys besöksstol och berättade om mina två möten hittills med teamet. Hon lyssnade uppmärksamt och påminde mig sedan ännu en gång om att mitt team var en svår grupp och att de hade haft problem även med tidigare chefer. Jag invände att de verkade avguda Karola. Henny skrattade och sa att så lät det inte när hon var deras chef. Hon hade haft sina problem med dem också.

Henny påminde mig om att Karola hade gått in i väggen. Den här gången antydde hon inte att arbetet hon utfört åt Göran hade varit en bidragande orsak.

Teamet och jag skulle komma att hitta varandra, sa hon, men det kunde ta lite tid. Hon skrattade som om det vore en självklarhet att vi skulle komma att hitta varandra. Eller som om det vore tokigt att tro någonting annat.

Hon föreslog att jag lade ner mina tankar kring tidredovisningen. Hon tyckte att jag hade rätt i sak men att det inte var en kamp jag borde ta i detta läge.

Det hade jag ju redan bestämt att jag skulle göra, även om det tog emot. Jag kunde absolut släppa tanken i sig. Men deras reaktioner och deras beteenden. Janets eventuella lögner. Att lägga ner saken helt och hållet stred mot min person. Men jag bestämde mig motvilligt för att göra det. Jag förstod att det var viktigare och smartare i detta läge att vara smidig än att ha rätt.

Mitt försök att kartlägga teamets arbetsuppgifter gick långsamt fram. Den kändes svår att genomföra. Teamet var i och för sig tillmötesgående och både berättade och visade vad de gjorde. Men de gav inga egna förslag till eventuella förändringar. Det kanske var ytterligare en sak som Pär tyckte att chefer behövde klara av på egen hand eftersom de fick bra betalt och läste böcker.

Suzzie gav till och med uttryck för att vara nöjd med det hon hade att göra vilket jag hade svårt att smälta. Hur ville hon ha det egentligen?

Bilarna var hon jätteintresserad av så de ville hon ha kvar helt och hållet. Leverantörsfakturorna var hon inte heller särskilt sugen på att dela med sig av. Hon suckade i och för sig åt den stora högen med sådana som låg på sitt bord för hantering.

"Kan du ta dem?" frågade hon när jag var på väg ut ur hennes rummet. Jag antog att hon skojade, efter den dialog vi precis hade haft.

Så jag skrattade, "Nähä du, försök inte."

Jag återvände dock rätt snabbt för att hämta en del av högen när jag kom att tänka på att jag dels fortfarande hade oceaner av tid, dels skulle lära mig mycket av det.

En dag bad någon på Marketing mig att skriva några rader om mig själv till interntidningen. Jag ställde några frågor till kommunikatören om formatet och sedan skrev jag min korta text. Jag lutade mig mot humorn och kände mig riktigt nöjd med texten jag lämnade ifrån mig. När tidningen publicerades några veckor senare var det en helt annan text som presenteras under mitt namn. Det var inte det att texten hade kortats ned, utan den var helt omarbetad. Jag förstod inte vad det hade varit för fel på det jag skrivit och inte heller varför jag inte fått veta att texten inte skulle fungera. Det hade blivit fel igen.

När hela kontoret fikade lyckades jag sällan komma in i samtalen, som var snabba och interna. Ofta om sådant som hänt på VER för länge sedan. Folk pratade som man pratar när man vill exkludera någon.

Samtalen var ofta högljudda. Men inte alltid. Kom jag dit tidigt och det bara var jag och någon enstaka person i rummet så sade vi i princip ingenting. Då satt vi bara där och stirrade rakt framför oss.

Det var så mycket jag inte kunde ta på.

Jag fortsatte ha problem med mitt team. Det kändes som om konflikterna inträffade konstant. Jag förvånades varje gång eftersom jag tyckte att jag agerade som jag brukade och ändå blev det ofta så fel, vilket det alltså i regel inte hade blivit på mina tidigare arbetsplatser. Här upplevde jag att jag bad om ursäkt för missförstånd hela tiden. Jag fick till och med frågan från Suzzie en gång om när alla mina missförstånd skulle upphöra. Som om hela problemet låg hos mig. Som om mina nästan tretton år i arbetslivet, inklusive fyra tidigare arbetsplatser, varit en lögn. Att min uppfattning om att jag kunde samarbeta och kommunicera, till och med leda personal, var en chimär.

Jag upplevde att jag inte blev förstådd av dessa tre personer. Att de inte trodde på mig eller mina ord. De såg inte mig på det sätt som andra människor såg mig. Jag lyckades inte förmedla vem jag var till dem.

Till exempel den gången när Janet skulle vara ledig dagen därpå. Jag frågade henne om hon skulle hitta på något särskilt. Hon tittade mållöst på mig en stund som om jag hade ställt den dummaste frågan man kunde tänka sig.

Hon lutade sig till slut fram och sa, "Jag ska till Ullared." Högt och överdrivet tydligt som om hon trodde att jag hade nedsatt hörsel.

"Va roligt!" utbrast jag uppriktigt och försökte låtsas om att jag inte hade uppfattat hennes närmast dryga sätt att tala till mig. Jag fortsatte berätta att jag hade varit på Gekås året dessförinnan med Olof, Morgan och våra vänner. Att vi tillsammans hade sovit över i en av stugorna på området som varit så skrattretande liten för att vi hade velat snåla. Fyra vuxna och två spädbarn på fjorton kvadrat. Vi hade varit tvungna att turas om att använda golvet.

Om någon i efterhand skulle ha bett mig recensera detta samtal skulle jag ha sagt att det jag hade sagt var självexponerande. Jag hade vågat avslöja att jag varit snål men ändå att jag kunde skratta åt mig själv. Det borde ha varit avväpnande?

Långt senare fick jag veta att Janet därefter hade gått till Henny och sagt att hon kände sig kränkt av min fråga.

Jag undrade för mig själv om det var denna lättkränkthet som gjorde att hon aldrig berättade för mig, varken före eller efteråt, om sin dotters bröllop. Jag kunde inte annat än tro att det måste ha varit en väldigt stor händelse för Janet, och ändå nämnde hon det inte för sin chef. Det var uppenbarligen viktigt för henne att aktivt hålla mig utanför sitt privatliv.

Och Suzzie. Även hon hade gått till Henny. Hon hade känt att jag trampade på henne den där gången som jag sa att jag inte tänkte ta hennes hög med fakturor. Trots att jag faktiskt hade gått tillbaka redan samma dag och tagit en del av den.

Pär gick åtminstone inte bakom ryggen på mig, vad jag visste. Han sa vid ett flertal tillfällen, direkt till mig och alltid med den där närgångna stirrande blicken, att han inte visste vad jag hade för uppdrag. Jag förstod inte hur det kunna finnas frågetecken kring det, men jag förklarade ändå varenda gång vad jag hade för arbetsbeskrivning och på vilket sätt jag hoppades att vi skulle arbeta tillsammans (för jag kunde ju inte fråga honom vad han själv trodde – sådant borde ju chefer veta). Men frågan kvarstod. Som om han trodde att det fanns en dold agenda. Att jag var ditsatt av styrelsen för att till exempel omorganisera hela avdelningen i smyg. Jag var företagets redovisningschef. Det var inte mer komplicerat än så.

Första gången jag deltog i kontorets vinlotteri vann jag storvinsten och Suzzie, Janet och Pär såg så sura ut att jag inte såg något annat val än att ge dem varsin flaska. Min storvinst krympte markant. Liksom min lust att delta fler gånger.

Avstämningarna inne hos Henny blev ett återkommande inslag i mina arbetsveckor. Hennes besöksstol var som schäslongen hos psykologen i en amerikansk film.

Henny hade inget emot dessa möten och sa tvärtom leendes att jag fick komma varje dag om jag så ville. Det hade kanske varit att ta i men att prata om teamet inte bara ville jag, utan det behövde jag. Jag behövde hennes coachning. Och jag behövde känna mig normal, vilket jag gjorde under de stunderna. Jag gick ofta in till henne med ett mörkt sinne och med en oro för att hon skulle inse att hon gjort ett misstag i att anställa mig, att jag inte kunde leda detta team. Men jag gick alltid därifrån med mitt normala självförtroende. Och med samma övertygelse som hos Henny att det trots allt skulle gå bra så småningom.

Jag fann även tillhåll hos min kollega Danuta. Hon satt längst ner på vår sida av korridoren, på samma sätt som hon var mer i periferin av vår avdelning än en i gruppen. Nej, hon var definitivt inte en i gruppen. Det var som om de andra inte ens räknade med henne. Hon kallade sig själv för en udda fågel och skrattade åt det. Jag fann det besynnerligt och önskade att jag inte heller brydde mig om det utanförskap som vi båda verkade ha hamnat i. Men vi satt uppenbarligen inte i samma båt då jag var i ett större behov av samarbete med resten av avdelningen, framför allt med mitt team, för att över huvud taget kunna utföra mitt arbete. Plus att jag som person hade ett stort bekräftelsebehov och ville bli omtyckt.

Danuta var artig och försiktig och använde ett vårdat språk. Hon gav ett mycket mer kultiverat intryck än vad de flesta gjorde på kontoret. Det var kanske därför hon hade blivit en udda fågel. Hon skrattade när de andra skrattade men jag hade svårt att tro att hon tyckte att särskilt mycket av det som sades i fikarummet var roligt. Vi arbetade trots allt inom VVS-branschen. Jargongen var rätt så grov. Som den gång Karola hade refererat till mig och sig själv som *lillbitchen* och *storbitchen*. Jag hade genast sagt ifrån, och sedan känt mig tråkig på grund av det.

Danuta hade säkert vant sig vid humorn, men jag trodde verkligen inte att hon uppskattade den.

Hon var lugn men samtidigt otålig och kunde gå från avslappnad och självbehärskad till stressad och ilsken på ett ögonblick. Jag upplevde att den förändringen inträffade när hon blev ifrågasatt. Eller kanske helt enkelt när hon fick en fråga? Som en gång när jag kom till henne med en bokföringsfråga. Hennes leende byttes snart ut mot irritation medan hon försökte leta rätt på svaret bland sina pärmar. Till slut gav hon upp och sa att hon inte hade tid. Hon fortsatte arbeta och jag förstod att jag skulle gå därifrån. Det var som att om det tog hårt på henne att hon inte kunde svara på min fråga på stående fot.

Jag upplevde Henny som den som var allra hårdast mot Danuta. De hade studerat ihop vid Lunds Universitet och nu var Henny hennes chef. Henny sa ofta till henne att hon hade fel, när Danuta bara hade berättat vad hon tyckte eller tänkte. Danuta sa då aldrig emot. Chefer är konstiga, sa hon till mig efter ett sådant tillfälle.

När jag berättade för Danuta om mina duster med teamet lyssnade hon stöttande. Lyssnade gärna men kommenterade knappt, bortsett från att emellanåt höja på ögonbrynen eller skaka på huvudet. Jag upplevde att hon var på min sida egentligen, och kanske att hon till och med höll med mig, men att hon inte ville bli inblandad. Igen?

Tiden gick och jag fortsatte uppleva att jag inte fick någon vägledning kring vad jag hade för arbetsuppgifter eller hur jag skulle gör för att lyckas utföra dem.

Som en del av den introduktion jag faktiskt fick var det någon som hade kommit på den briljanta idén att jag kunde hjälpa till att dela ut posten i postrummet en dag. Den post som var till oss som satt på huvudkontoret var förstås rätt så enkel för mig att dela ut. Men all annan post, den som var till personer som satt på något av de andra cirka nittio kontoren vi hade runtom i Sverige. Hur skulle jag veta vem som satt var? Otydligt. Med följd att jag fick fråga Pär om typ vartenda kuvert. Han blev märkbart irriterad men vad trodde han? Att jag på ett magiskt sätt redan visste vem alla dessa människor var, att jag var synsk?

Jens tyckte att jag skulle gå igenom de rapporter som skrevs ut med automatik ur ekonomisystemet varje månad inför bokslutet. Högen med utskrifter var utan överdrift en fot hög. Vad skulle jag göra med dokumenten? Vad var det jag förväntades stämma av? Mot vad? Ingen förklaring.

När jag suttit på min tjänst i en månad skulle jag skicka ut information om budgeten till samtliga regioner. Nog för att jag kunde titta på vad som skickats ut tidigare år, och till vem, men någon vägledning fick jag inte. På ett avdelningsmöte nämnde jag att jag hade skickat ut ett par uppdateringar av budgetmallen till regionerna. Jag hade tidigare nämligen blivit ombedd att uppdatera när så behövdes och det hade jag nu alltså gjort utifrån feedback som jag fått direkt från regionerna. Henny, Jens och Karola hajade till och såg chockerade ut över det jag hade sagt.

"Du har mejlat ut uppdateringar till regionerna?" frågade Henny strängt och jag hörde att det inte var en fråga. Det var också första gången hon använde den tonen mot mig.

Det var tydligen inte meningen att jag skulle göra några uppdateringar under den nuvarande processens gång, utan först till nästa års budget. Ytterligare en sak som jag tydligen borde ha förstått.

Jag kallade Karola och Jens till ett möte, blottade mig och sa att jag behövde veta mer kring budgetprocessen och siffrorna som vi använde. De tittade på mig som om jag vore en galning. I stället för att hjälpa mig sa Karola efter en del suckande och menande blickar mellan dem två att de väl kunde göra det själva då.

Jag sa till Henny att jag tyckte det var svårt att uppdatera redovisningsmanualen, som jag hade fått ansvaret för, då jag inte visste vem jag skulle prata med kring olika avsnitt och frågor. Då svarade hon vänligt att jag kunde pausa med den uppgiften. Den kunde vi titta på tillsammans när jag hade kommit in i saker lite mer. Detta var lika ohjälpsamt, om än vänligt, som Karolas utbrott om att hon kunde ta hand om budgetfrågorna själv. Vad lärde jag mig av att någon annan tog över eller av att vänta några månader? Jag ville ju vara produktiv nu.

Jens lämnade över uppgiften att ta fram och skicka ut ett trettiotal rapporter till regionerna varje månad. Där satt han i och för sig bredvid mig i ungefär en halvtimma och pekade på vilka siffror från vilka utskrifter jag skulle lägga in i vilka celler i olika excelfiler. Men jag fick knappt någon förklaring kring vad det var för siffror eller hur de tagits fram.

Det var rätt så många mottagare till alla dessa rapporter. Nästa månad när det var dags att skicka ut dem igen hade jag snappat upp att det fanns en ny mottagare som skulle läggas till för en av rapporterna. Jens hade sagt att det var viktigt att jag lade till eventuellt nya mottagare. Jag frågade hur jag skulle veta att det fanns nya mottagare. Han tittade på mig med hopskrynklade ögonbryn som för att säga att... vad? Att det borde jag fatta? Han svarade inte på min fråga.

En gång gick jag in till honom för att ställa en fråga om en rapport från Statistiska centralbyrån, som jag hade tagit över från honom. Knackade på den stängda dörren och när jag inte hörde något klev jag in. Han var den enda vars rum inte hade någon insyn från korridoren, alla andra hade avslöjande fönster bredvid dörren.

När jag började tala vred han hastigt på huvudet i min riktning och snäste ilsket: "Ser du aldrig att jag är upptagen eller är det som du inte bryr dig?"

Jag vände genast om och gick därifrån. En normal person hade kallat tillbaka mig och förmodligen bett om ursäkt. Inget av detta skedde.

Kunde det vara så att han hade problem på hemmaplan? Så kunde det förstås vara. Det hade kunnat förklara hans hetsiga humör och den ständigt stängda dörren. Men hade det varit jag och jag hade reagerat som han precis hade gjort, då skulle jag ha gått och bett om ursäkt.

Det var som att många av mina kollegor inte var i balans. Jag visste mycket lite om deras privatliv och familjesituationer men kände inte heller att jag enkelt kunde lära känna dem. Risken var att någon blev kränkt, att jag ställde fel fråga eller hade dålig tajming. I och med det behövde jag kanske inte heller lägga energi på att försöka förstå dem, eller hitta på ursäkter för deras beteenden. De bjöd inte på något. Inte ens ett avslöjande om vad de förväntade sig av mig.

När Karola insåg att jag hade stämt av saldon i bokföringen gentemot våra systerbolag genom att fråga motparterna om deras belopp via mejl, spärrade hon upp ögonen och såg fullkomligen vild ut. Under min första månad hade jag suttit bredvid henne medan hon ringde runt till dem för att efter en lång stund av småprat ställa frågan muntligt. Trots att hon inte var gammal verkade hon ha den mentalitet som även de andra, äldre, här hade vilket var att här gjorde vi som vi alltid hade gjort. Här ringde vi tydligen när vi behövde fråga någon om deras siffror. Absolut, det hade Karola gjort och det funkade för henne. Men varför behövde jag göra på det sättet?

En gång när jag ställde en fråga till henne nästan frustade hon när hon svarade att det hade hon minsann redan förklarat för mig en gång. Sedan himlade hon med ögonen och upprepade det hon tydligen redan hade sagt till mig.

Min erfarenhet var att man som ny inte alltid insåg att man ställde samma fråga en gång till. Det var först när man hörde svaret som man begrep att det fanns en koppling till något man redan tidigare fått förklarat för sig. Var Karola en supermänniska som förstod allt från första början och som dessutom kom ihåg allt? Jag hade svårt att tro det. Men det var tydligen det hon förväntade sig av en nyanställd. Eller åtminstone av mig.

Alla dessa situationer fick mig att tänka tillbaka till en av mina intervjuer här när jag specifikt hade frågat om man fick ställa frågor på VER. Visste inte riktigt var frågan kom ifrån. Det var kanske som jag ville visa mig ödmjuk. Eller det kanske berodde på intuition. Henny hade i alla fall skrattat och sagt att givetvis fick man det. Jag fick också höra att här ansågs man vara ny på jobbet i tre år. Inget kunde ha varit längre från sanningen.

Sa jag ordet faktura när jag menade leverantörsfaktura blev jag idiotförklarad för på VER kallade man det som sagt för räkning. Något jag aldrig hade varit med om tidigare.

Sa jag ordet bokföringsorder, ett mycket vanligt begrepp bland ekonomifolk för en instruktion på hur något ska bok-föras, blev det samma reaktion för här kallade man det för redovisningsåtgärd.

Listan med vad man inte fick göra här var lång. Här fick man vare sig ställa frågor, göra fel eller fråga sina medarbetare vad de behövde eller om de skulle göra något särskilt när de var lediga. Och gud nåde dig om du försökte hjälpa till när de bad om hjälp. Eller när de var ledsna, vilket jag snart skulle få erfara.

Listan med vad man skulle göra var betydligt kortare. Här skulle man veta vad man skulle göra utan att knappt ha fått någon instruktion. Det gällde både i enskilda uppgifter och när det gällde ens funktion över huvud taget.

Jag fortsatte söka stöd hos Henny. När jag klev in i hennes rum var det som om jag kom in i en annan värld, min vanliga värld. Här hade jag Henny som alltid ställde sig på min sida.

Hon tyckte som jag. Jag behövde inte vara rädd för att säga fel eller för att hon skulle leta efter dolda meningar eller missförstånd i det jag sa.

I hennes trygga vrå togs tvärtom allt jag berättade om teamet med en klackspark. Och ofta med ett skratt. Jag kände mig stärkt av hur lätt hon verkade ta på situationen. Det kanske inte var så farligt? Jag hade alltid varit känslig, jag kanske tog för hårt på det som hände nu. Det jag höll på att uppleva med teamet kanske var ett vanligt förekommande problem för chefer, bara att jag själv inte hade varit med om det tidigare? Eller att jag själv aldrig någonsin hade betett mig mot någon av mina tidigare chefer så som dessa tre gjorde mot mig nu?

Henny upprepade åtskilliga gånger att om situationen inte fungerade i längden så var det i alla fall inte mig hon skulle byta ut. Det var dem det var fel på, menade hon. Och Karola och Jens, enligt min mening, men dem brydde jag mig inte om att diskutera med henne.

Hon började framföra en önskan om att jag skulle behålla personalansvaret under min föräldraledighet. Och för att jag inte skulle tappa något av det vi höll på att bygga upp nu föreslog hon att jag skulle ha kontakt med teamet på veckobasis medan jag var föräldraledig.

Jag tänkte att det var länge sedan som Henny själv var småbarnsförälder. Hon hade uppenbarligen glömt hur det var. Min erfarenhet med Morgan sa mig att det skulle bli en omöjlighet att ha veckomöten medan jag var ensam hemma med ett och oftast två barn under tre års ålder.

Även om jag inte skulle ha haft problem med teamet så var det inte på det viset jag tänkte mig en föräldraledighet. Jag ville vara ledig med mina barn under den korta tiden som det varade.

Jag kom inte med några invändningar, men jag hoppades att hon skulle komma på andra tankar längre fram.

Hon ville att jag skulle sluta ha med mig matlåda till jobbet. I stället borde jag gå ut och äta med henne varje dag, för att visa att jag inte var en av dem. Jag var deras chef.

Jag tyckte inte om den tanken. Jag ville ju vara en av dem.

Dessutom var ordet *chef* åtminstone Janet allergisk mot. Det var en *ledare* de behövde, ett mantra hon och Suzzie oupphörligen återvände till. Jag hade en stark känsla av att Karola hade slängt sig med det ordet, förmodligen efter att ha gått någon kurs. Ordet chef var något negativt och efter ett möte hade Janet till och med påpekat exakt hur många gånger jag hade använt ordet.

Jag gick ändå Henny halvvägs till mötes. Jag började gå ut med henne på lunchen ungefär varannan dag. Långdragna luncher, ibland med hennes Rotarysällskap där jag drog ner medelåldern drastiskt. Hela tiden med hennes blick på mig, värderande, uppskattande. Jag hade inte mage att erkänna för henne att dessa dödstråkiga möten var en pina för mig.

De andra luncherna med henne, även de väldigt långa, var en annan sak. Ibland fick Danuta följa med. Då var samtalen lättsamma, även om de två emellanåt råkade i luven på varandra. En gång i bilen tillbaka till kontoret blev Danuta irriterad på en stadsbuss som svängde ut precis framför oss. Vilket de får göra, men jag kan förstå om den som kör blir irriterad. Henny blev jättearg på Danuta och skällde på henne för att hon inte begrep busschaufförernas hektiska arbetssituation. Därefter blev det en tyst och obekväm bilresa.

Om det bara var jag och Henny som lunchade, å andra sidan, då kom hon i regel in på sin barndom och sitt privatliv. Framför allt pratade hon mycket om sin dotter. De hade i princip brutit kontakten med varandra och därmed kunde Henny och hennes man inte heller träffa sitt enda barnbarn. Det hade varit så mycket strul med denna relation, och så länge, att hennes man inte längre orkade arbeta. Det var en sorglig historia som hon ofta återkom till.

Hon var förmodligen ensam. På arbetet och kanske även privat? På arbetet kändes det som att det var en sits hon hade försatt sig själv i. Hon ville att det skulle vara skillnad på oss och dem. Och det var vi två som var oss. Vi skulle klä oss annorlunda och äta för oss själva. Hon avslöjade saker för mig om de andra på avdelningen som var privata och irrelevanta.

Hade Göran varit annorlunda hade han nog också fått vara med i vårt lag men hon verkade förakta honom.

Hon kanske hade upplevt att hon behövde hårdna till då hon var en fysiskt sett liten kvinna i ett mansdominerat yrke, i en mansdominerad bransch.

På hemmafronten verkade hon ha en god relation med sin man. Men jag visste inte om det fanns fler personer i hennes liv.

Hon var väldigt personlig med mig. Jag kände mig smickrad men kom med tiden att önska att hon kunde ge mig mer, eller snarare något annat. Jag behövde inte nödvändigtvis en vän här. Det skadade verkligen inte att hon coachade och uppmuntrade mig men mer än något annat behövde jag någon som hjälpte mig ta itu med situationen. En situation som på ett eller annat sätt fått pågå alldeles för länge. Både för mig och innan min tid. Jag hade ärvt problem som ingen annan lyckats lösa eller hantera. Många såg att jag hade oddsen mot mig men ändå fick jag ingen hjälp.

Jag sa inget av detta till Henny för jag önskade att hon förstod det själv. Hon var den mest erfarna chefen och ledaren av oss två. Och på sätt och vis skämdes jag för att jag inte verkade lyckas reda ut situationen på egen hand.

Henny tyckte nog just att jag skulle reda ut det på egen hand. För som hon själv sa, ville hon inte "klippa mina vingar."

På avdelningsmöten där hela ekonomiavdelningen var samlad var det främst Henny som talade. Hon talade ofta föraktfullt om Göran, det vill säga hennes chef, och verkade finna det lustigt att hans syster nyligen blivit anställd inom koncernen som projektledare. Det framgick tydligt av hennes grimaser. Ingen ifrågasatte det eller sa ifrån men så var hon också vår chef.

Jag fick känslan av att de andra kände som hon gjorde när det gällde Göran. Jag visste inte vad det egentligen var hos honom eller hans sätt som de eventuellt inte tyckte om. Han hade i och för sig inte gjort något jättebra intryck på mig heller. Eller rättare sagt hade han inte gjort mycket till intryck på mig över huvud taget.

Mitt första möte med honom var när han ställde den där skattefrågan till mig och blev tystad av Henny. En dag långt senare åt vi lunch med revisorerna och då hade han tagit upp samma fråga med dem. Då hade jag argumenterat mot hans hållning. Revisorerna hade hållit med mig och han hade sett sur ut som ett tillsagt barn och sedan inte sagt mer.

Han hade en märklig, trubbig utstrålning. Han tillbringade dagarna inne på sitt stora kontor och arbetade för sig själv. Var sällan borta hos oss andra trots att vi satt inom räckhåll. Jag undrade hur han kunde ha styr på siffrorna utan att samarbeta med sin avdelning. Han kanske kommunicerade med vissa av de andra via mejl, eller han kanske föredrog att kommunicera enbart med Henny som ju satt i rummet precis intill hans.

Han måste ha känt av att han inte var populär hos oss. Förutom de gånger när han pratade om hästar och trav då han sprudlade, såg han sammanbiten och nästan nedstämd ut. Han kanske upplevde situationen på samma sätt som jag gjorde?

Oavsett tyckte jag inte om hur Henny pratade om honom. Hade hon gjort det när det bara var hon och jag i rummet hade det varit en annan sak. Men att göra det så öppet inför alla, det tycker jag var illojalt och fegt. För att inte säga kontraproduktivt.

Vi var en silo som inte gärna arbetade med andra avdelningar. På det första kontorsmötet jag var på höll Henny en kort presentation om företagets finansiella läge. Hon använde ekonomiska begrepp och förkortningar och jag undrade om dessa någonsin hade förklarats för de andra avdelningarna, eller ens för den egna avdelningen. Det kom knappt några frågor efter hennes presentation och jag såg det som ett tecken på att de flesta faktiskt inte hade förstått.

Vi var en silo men vi var inte en enhet. En av de få gånger vi åkte i väg på gemensam lunch blev det så fånigt uppenbart att Henny, Danuta och jag inte tillhörde en eventuell gemen-skap. De andra fem, varav två överviktiga och två karlar, såg sig tvungna att tillsammans knöla in sig i en bil medan vi tre kunde sitta glest som i första klass, i Hennys BMW.

Henny sa gärna till oss, inför varandra, att vi hade fel. Det hade inte inträffat mig ännu, men det skulle kanske komma. Det kändes än så länge som att jag satt på en piedestal i hennes närvaro. Danuta, å andra sidan, stod i regel längst fram i skottlinjen. Henny avfärdade ofta sådant som Danuta sa som om hon mest pratade strunt, vilket hon aldrig gjorde. Danuta var erfaren och eftertänksam men hon behandlades inte som om hon var något av det.

Vid ett tillfälle diskuterade vi en redovisningsfråga som hade dykt upp, och Karola sa att hon kunde titta vidare på den. Henny invände då att jag var duktigare på redovisning än Karola. Karola hade sett väldigt förvånad ut, förmodligen inte åt att jag skulle vara duktig på redovisning utan åt att hon hade blivit tilltalad på det sättet, och fortsatte säga att hon visst kunde ta sig an den uppgiften. Henny upprepade då att jag var bättre på redovisning än vad hon var. Som ett punkt slut. Karola blev mållös och jag kände mig väldigt generad.

Hur kunde man säga så till någon som tidigare hade ansvarat för just redovisningen? Varför var Henny tvungen att öppet visa vad hon tyckte om folk? Bar hon en del av skulden för hur den här avdelningen har blivit?

Jag undrade vad de andra tyckte om Henny. Det skulle jag förmodligen aldrig få veta.

Det var som om hon tyckte att hon var lite bättre än oss andra, eller åtminstone än de andra. När jag tänkte efter insåg jag att jag hade hört henne antyda det på olika sätt samt trycka ner de andra nästan från första början. Som när hon sa att Pär inte hade några ambitioner. Jag kom också att tänka på något hon hade berättat för mig om gymmet hon brukade gå till om morgnarna. Hon gick dit redan innan de öppnade. Och knackade och knackade och knackade tills de öppnade. Då brukade hon smita in, förbi dem. Det tyckte hon var roligt. Att hon helt öppet visade respektlöshet för personalen där som hade arbetsuppgifter de behövde utföra innan kunderna kunde släppas in. Jag såg inte det roliga i det.

Jag märkte att det var något som inte stod rätt till med Suzzie en dag. Det var uppenbart att hon hade gråtit. Jag frågade och hon erkände att det var något men hon ville inte prata med mig om det. Jag frågade om det fanns någon annan hon kunde prata med. Henny, svarade hon. Jag bad henne då att göra det och det sa hon att hon skulle.

Senare samma dag frågade jag Suzzie om hon hade hunnit prata med Henny. Hon svarade att hon inte hade lyckats eftersom Henny suttit i möten större delen av dagen.

Tidigt den eftermiddagen kom Henny plötsligt bort till mig och berättade att hon bestämt sig för att gå hem tidigt. Jag bad henne att först gå in till Suzzie. Jag sa att det var något hon behövde prata med Henny om. Henny uppfattade på det lilla jag sa att det var något allvarligt och tackade mig så mycket för att jag hade hindrat henne från att rusa i väg.

Suzzie förlät mig nog aldrig för detta. Hon till och med sa att hon aldrig skulle glömma det.

Även för detta bad jag upprepade gånger om ursäkt trots att jag egentligen inte tyckte att det jag hade gjort var fel. Jag bad om ursäkt eftersom jag såg hur fel det hade landat. Jag hade svikit hennes förtroende, verkade hon tycka. Trots att jag inte ens hade fått förtroendet. Och trots att jag inte hade sagt något. Jag hade ju inte ens vetat vad det rörde sig om. Jag hade bara sett till att sammanföra Suzzie med den som hon kunde tänka sig att prata med så att hon skulle få stöd.

Jag frågade Karola villrådigt vad jag skulle göra. Hon sa att om jag ville kunde vi ta ett samtal om det alla tre. Hon kunde medla liksom. Jag suckade uppgivet och sa att, ja, det var värt ett försök. Jag visste att Suzzie respekterade Karola. Om Karola deltog i ett samtal om missförståndet så skulle det säkert bli bra.

Suzzie gick med på det och ett odramatiskt möte följde. Vänd mot Karola sa Suzzie att hon kände sig sviken och jag bad återigen om ursäkt, försäkrade henne om att det inte varit min mening. Att jag bara ville hennes bästa.

Någon dramatisk följd av mötet blev det inte heller. Det var nästan som om mötet inte hade ägt rum. Jag närde ändå förhoppningen om att Suzzie skulle komma att tänka att eftersom Karola gått med på att delta i mötet, så ansåg hon att situationen behövde lösas, och att det skulle göra att Suzzie försökte komma över sina känslor av svek.

Men så blev det inte.

Jag kom att nämna det hela för en av våra avdelningschefer som genast skakade på huvudet.

"Nej, nej, nej", sa hon bestämt. "Det var ett misstag. Karola har fått gjuta olja på vågorna. Hon *njuter* av sånt här."

Jag hade redan börjat ana att Karola inte var helt att lita på. Vad kunde eventuellt ha varit fel med att blanda in henne i situationen med Suzzie? Hade det framstått som att jag behövde Karola och, i så fall, vad skulle det komma att spela för roll? Kunde det bli till min nackdel?

Jag hade känt mig desperat och agerat utan att tänka mig för, men så var jag inte heller den försiktiga typen. *Varför inte testa*, var mitt motto. *Det kunde inte bli mer än fel.* Jo, det kunde det tydligen.

Jag märkte att jag blev mer och mer osäker på mig själv. Det kändes som om alla mina ord och handlingar iakttogs och vägdes, pratades om och eventuellt hånades. Jag kunde inte göra rätt.

Henny hejade på från sidan, som en *cheerleader*, och fortsatte ge mig tips. En gång när jag hade sagt något lustigt om kjolen jag hade på mig -jag låtsades vara osäker på om jag hade på mig den åt rätt håll- tyckte hon absolut att jag behövde gå in till alla de andra och upprepa till dem vad jag hade sagt. Jag kände mig tveksam, jag tyckte inte att det jag hade sagt var så himla roligt, men jag rusade ändå i väg som en nickedocka och upprepade min anekdot till alla som ville lyssna.

Danuta kommenterade då och då att jag borde ha på mig min svarta tunika oftare, för när jag hade den kunde man inte se att jag var gravid. Fantastiskt! Henny hade också uttryckt en önskan om att jag hade på mig andra kläder. Kläder som gjorde att det inte var så uppenbart att jag var med barn. Det kunde sticka folk i ögonen, förklarade hon.

Jag började närma mig slutet av en graviditet och hade gått upp nästan trettio kilo. Jag hade helt enkelt på mig de plagg som passade. Aldrig opassande, men alltid uppenbart gravid.

Min graviditet var inte något vi pratade om på jobbet. Det var nästan ingen som visade intresse, frågade om resultat på ultraljud eller hur jag mådde. Och jag gjorde allt jag kunde för att ta bort fokus från graviditeten. Försökte verka opåverkad och pigg. Det var i och för sig en rätt smidig graviditet, förutom vad gällde kilona. Inget att jämföra med första gången när jag fick havandeskapsförgiftning, karpaltunnelsyndrom och pojkens huvud aldrig fixerades varför jag mot slutet var livrädd för att vattnet skulle gå och att han skulle strypas.

Tack och lov mådde jag bra rent fysiskt den här gången. Men det var inte en graviditet jag njöt av. På jobbet nästan skämdes jag för den. Ingen ville veta något om den eller honom. Och jag var väldigt orolig för att han skulle födas för tidigt. Då kanske kollegorna skulle tro att han hade blivit till redan innan jag sökte jobbet.

Ibland grät jag i bilen innan jag körde hem. En gång stannade jag till och kräktes på vägen till jobbet.

Min man, Olof, skickade med mig bilder på vår Morgan för att sätta upp på väggen på mitt kontor, så att jag kunde fokusera på honom i stället. Så att jag kunde stå ut.

Vilken tur att jag hade de två. De tre faktiskt. Den lille hade inte fått sitt namn ännu. Det fanns arbetsnamn men inget som satt klockrent. Han var ändå i högsta grad närvarande och gav mig styrka, på samma sätt som Olof och Morgan gjorde. Under kvällar och annan ledig tid försökte jag njuta av dem och fylla på med all den energi de gav mig men jag var inte riktigt med. Allting kändes så overkligt. Hur mycket de än gav mig blev jag ändå omringad av kyla och obehag när jag dagen efter klev in genom dörren på kontoret. Då började det igen. Åtta och en halv timmar av tassande på tå, inte ta för mycket plats, inte säga fel, inte veta vad jag arbetade med.

En dag fick jag skjuts av Olof och Morgan till jobbet. De följde med mig in och fick se min arbetsplats för första gången. Morgan älskade den långa korridoren utanför mitt rum och sprang fram och tillbaka, fram och tillbaka. För en gångs skull fanns det glädje på platsen. Janet kom ut ur sitt rum och tittade nyfiket på det uppspelta barnet. Jag presenterade henne för min man som var artig mot henne men jag visste att han rasade inombords. Jag var tacksam för teatern och hoppades någonstans att Janet skulle ta med sig stunden och inse att jag var en människa. En riktig människa med känslor och familj. Men det förändrade ingenting.

Jag gick till HR igen, nu till en annan person där. En ung tjej med ett varmt leende. Även hos henne fick jag tala ut och bli lyssnad på. Jag fick veta att jag hade den svåraste gruppen på hela företaget och att de inte hade funkat ihop med någon av sina chefer. Även av henne fick jag höra att jag fick komma och prata hur ofta jag ville. Det var vad jag fick. Ytterligare ett par öron men fortfarande inget agerande.

Jag var fast i någon sorts *Black Mirror*-verklighet där jag knappt fick några instruktioner samtidigt som jag inte fick göra fel. Det var viktigt att jag gjorde som man alltid hade gjort, men det var ingen som berättade de osynliga reglerna för mig förrän jag hade trampat på dem eller någon kände sig trampad på. Och då berättade man det inte med överseende. Och inte gärna till mitt ansikte.

Sättet att arbeta på var ålderdomligt men det verkade inte som att någon annan än jag tyckte det. Jag fick det till och med förklarat för mig att vi arbetade med moderna program trots att inga av dem var integrerade med varandra, och trots att alla dataöverföringar gjordes under natten. Det man bokförde idag kunde man se först imorgon. Otroligt frustrerande och ineffektivt, i alla fall om man var van vid något annat. Vilket man var om man hade arbetat någon annan stans. Suzzie förklarade vördnadsfullt att det var unikt att system uppdaterades först till nästa dag. Jag trodde först att hon skämtade, för ja, visst var det unikt, men inte på ett bra sätt vilket hon verkade tycka. Hur sällan trodde hon egentligen att ekonomisystem uppdaterades på andra arbets-platser?

Innan man bokförde var man förresten först tvungen att stämpla papperet där man för hand hade antecknat hur konteringen skulle gå till, med en stämpel som hela avdelningen delade på. Numret som stämpeln präntade fast på papperet skulle sedan knappas in i den svarta datorskärmen.

Gud nåde den som inte använde stämpeln eller den som råkade vrida förbi ett löpnummer. Hemska tanke!

Trots att jag nu varit på kontoret i ett par månader visste jag inte ens hur man tog ut en resultaträkning ur systemet. Något jag som ekonom på vilket annat ställe som helst borde ha lyckats göra på egen hand under mina första dagar. Ekonomisystemet här... *nej*, alla system som var en del av den ekonomiska apparaten här var som en enda gröt. Och jag misstänkte att det var så även för de andra, i större eller mindre omfattning. Det var en viss lättnad att jag inte skulle behöva upprätta årsredovisningen för detta år, men det var ingen lösning. Jag skulle ju komma tillbaka från min föräldraledighet och behöva göra en sådan rapport för framtida årsbokslut.

Vid den enda överlämning jag kunde minnas att Henny gjorde till mig, berättade hon att en viss sifferuppgift behövde knappas in manuellt upprepade gånger i den enkla excelfilen. Vi skulle inte länka från en cell eller flik till en annan för då menade hon att det kunde bli fel. Det var som att be en kassörska att med papper och penna räkna ut vad kunderna var skyldiga och endast använda kassaapparaten för att förvara kontanter i.

Det visade sig att den ursprungliga redovisningschefen Bertil som ju sedan länge var pensionerad fortfarande hade tillgång till ekonomisystemet och att han emellanåt bokförde saker hemifrån och satte i gång olika så kallade körningar. Ingen visste exakt vad det var han gjorde i systemet, och Henny tyckte att detta var lustigt.

Jag förstod inte hur jag, eller någon av de andra som kommit mellan Bertil och mig som redovisningschef för den delen, skulle kunna ansvara för redovisningen när han som inte alls var en del av verksamheten satt hemma på sin kammare och bokförde saker utan att någon annan visste vad det var han gjorde.

Jag undrade vad det var som fick honom att göra det. Han kunde väl ändå inte ha trivts särskilt bra här med tanke på hur han verkade ha betett sig. Vad eller vem var det som höll honom kvar?

Efter några månader på VER såg mitt rum fortfarande likadant ut som det hade gjort på min första dag på jobbet. Fortfarande inga tavlor eller blommor. Bilderna på Morgan räckte gott och väl som personligt inslag. Tills en dag då jag råkade hitta en tidningsannons som jag tyckte var rolig. Annonsen drev med ekonomer och en av de tecknade ekonomerna hette Oskar. Jag rev genast ut sidan och nålade fast den på väggen bredvid min dörr.

Jag visade den för Henny och hon uppskattade humorn. Hon tyckte att annonsen blev ännu roligare av att Bertils son hette Oskar. Jag berättade då att vi funderade på att döpa vår pojke till Oskar. Detta gjorde henne väldigt nöjd.

Ingen annan verkade tycka att annonsen var särskilt rolig. Däremot frågade några, nästan lite ängsligt, om Bertil hade sett den. Jag förstod inte hur de kunde tro att han skulle ha kunnat göra det. Vad jag visste hade han i vart fall inte varit här sedan jag började.

Jag förstod inte heller varför de brydde sig om han hade sett bilden eller inte.

DEL 3

Nu

När Karola varit på Asidio i några veckor frågar jag henne om hon vill ta en lunch med mig. Jag behöver ta bort en del av det mentala hindret jag upplever mellan oss innan det växer sig alldeles för högt.

Hon svarar genast, nästan ivrigt, att det vill hon gärna. Vi gör det samma dag. På promenaden till restaurangen säger hon att hon velat prata med mig ända sedan hon började men att hon tyckte det var bäst att vänta på att jag tog det första steget. Hon säger att hon kände på sig att det skulle bli bäst så.

Jag tycker det är oväntat insiktsfullt för att komma från henne men jag tänker inte låta mig rubbas av det. Lunchen är till för att göra situationen mer hanterbar, för min del. Inte för att nå ett vapenstillestånd.

Jag för därför in samtalet på vår nya arbetsplats och på praktiska, osentimentala detaljer. Jag nämner projektet som jag blivit ombedd att driva men som jag tackat nej till.

"Det var bra", säger Karola med en gång. "Du hade aldrig klarat av det."

"Jo, det hade jag", svarar jag kraftfullt. "Jag har bara inte tid nu."

"Nej, det hade du inte klarat av. Det är alldeles för stort."

Hon ger sig inte. Men hon ger mig inte heller konkret kritik som jag kan argumentera mot. Hon fortsätter i stället att bara vagt men bestämt säga att det är ett för krävande projekt, på ett sätt som låter både omtänksamt och som om hon känner mig och min kapacitet. Det är avväpnande och jag kan inte säga emot det utan att låta bitter. Vilket inte får hända. Jag vill verka vara i kontroll.

Hon framför en hälsning från Henny. Henny har tydligen kommenterat att det är så roligt att Karola ska träffa mig igen och hon hoppades att även hon och jag skulle kunna ta en lunch snart. Karola skrattar men inte jag. Vad är det för teater vi alla spelar?

Karola uppfattar min reaktion och tillägger, "Eller hur? Vad tror hon? Tror hon det är normalt när en person väljer att säga upp sig på telefon?"

Och vad tror du, Karola? Att du kan vara med om att behandla någon så som du har gjort och ett år senare är allt bara glömt eller åtminstone förlåtet?

Karola blir snabbt bekväm på vår nya arbetsplats och börjar skala av sig det väna och försiktiga. Efter en *teambuilding*-aktivitet hon anordnat för sin grupp känner jag bättre igen henne. Hon är gapig och grov. Talar öppet illa om folk samtidigt som hon ofta står och teaterviskar med sina förtrogna. De har börjat kalla sig för *Team Awesome* och hon har därmed skapat en tydlig vi och dem-markering mot oss andra.

När det är firmafest bokar de mötesrum för att gemensamt göra sig i ordning samtidigt som de förfestar. Som tonåringar.

Jag slutar gå på afterworks. Jag tycker inte att det är värt det. Jag har vägt möjligheten att lära känna mina fortfarande rätt så nya kollegor mot att behöva umgås på ett ställe där Karola alltid dyker upp och beslutet är enkelt.

Hon ser till att även Jens får in en fot på Asidio genom att hyra in honom på ett konsultuppdrag. Han hälsar aldrig på mig trots att vi sitter i samma rum i flera veckor. Så det gör inte jag heller.

Genom åren har jag funderat på hur alla dessa människor hade fungerat på en annan arbetsplats. Nu vet jag att Karola fungerar på samma sätt. Jag har dessutom pratat med någon som arbetar ihop med Suzzie nu och jag har berättat för henne att Suzzie är en obehaglig typ. Vår gemensamma kontakt svarar att hon inte blir helt förvånad över vad jag säger, så Suzzie är kanske också oförändrad. Jens däremot har tappat sin pondus. Han försöker se viktig ut där han sitter i kontorslandskapet men jag tänker att han inombords måste gråta förtvivlat: *Ser ni inte att ni stör mig? Eller är det som ni inte bryr er?*

Jag frågar Karola varför hon har anlitat honom. Den underliggande frågan om hur hon kunde göra detta mot mig går henne inte förbi.

"Åh nej, jag tänkte inte på det", svarar hon med stora ögon. "Jag tänkte inte på att ni arbetat ihop."

"Om du tar hit Suzzie eller Janet så hoppar jag ut genom fönstret."

Hon skrattar hjärtligt. Inte elakt, utan mer som om vi två delar ett skämt.

Det gör vi inte.

Ibland fantiserar jag att jag är en pytteliten fe som genom olika hyss förstör för Karola. Fe-Luisa gör högljudda pruttljud bakom ryggen på Karola när hon sitter i viktiga möten så att alla tror att det är hon, raderar dokument som Karola har arbetat med länge, får Karola att spilla så att det ser ut som att hon har kissat på sig eller värre. Dagdrömmarna underhåller mig och är under en tid det enda sätt jag kan komma på för att hantera min aggression.

Åren rullar förbi och nu har jag varit på Asidio i fem år. Det är min längsta anställning hittills. Jag är inte alls nöjd med detta. Längden i sig är inget problem utan problemet är att nästan ingenting har hänt under denna tid. Jag sitter med samma arbetsuppgifter, i samma team, och i princip med samma lön. Löneutvecklingen har varit minimal för att inte säga bedrövlig. Lägg då till att jag gick ner rejält i lön när jag bytte från VER, vilket i och för sig var att vänta då jag gick från ett chefsjobb till ett som inte var det. Men det är pinsamt. Jag skäms inför mig själv. Anledningarna jag får höra på medarbetarsamtalen är alltid desamma och något jag inte borde acceptera: jag gick in på en så hög ingångslön, eller den andra personen i teamet har en förhållandevis låg lön och det är framför allt där man vill lägga potten. Jag blir arg varje gång det är lönesamtal men sedan går det ett par veckor och jag köper läget. Varför? Mina barn är snart sex och åtta så de är inte pyttesmå och livet kretsar inte längre kring hämtning, lämning, mellanmål och att sova middag. Om jag hade velat ta mig an en större utmaning arbetsmässigt så hade jag nog klarat av det nu. Men jag gör ingen ansträngning. Jag har inte orken.

Det är en lögn. Jag har inte modet.

Vid ett tillfälle kommer vd:n in i vårt kontorslandskap och undrar var Luisa Korsudd sitter. När han till slut får tag i mig skrattar han roat och säger att han inte ens visste vem jag var. Jag som i regel inte bara varit chefens högra hand utan dessutom alltid mycket uppskattad av koncernledningar, revisionskommittéer och styrelser. Här sitter jag tjugo meter från vd:n, har gjort det i några år, men han vet inte vem jag är. Jag är så gott som osynlig och jag vågar inte göra något åt det. För tänk om jag hamnar fel igen.

Charlie har nyligen sagt upp sig. Man har frågat mig om jag är intresserad av hennes tjänst. Det kändes inte som ett erbjudande, utan mer som en fråga man ställer för att kunna bocka av att man har gjort det. Sedan kan man säga att det finns goda utvecklingsmöjligheter inom företaget och att man gärna rekryterar internt.

Jag hör mig själv eka: "Nej, *absolut* inte." Jag fnittrar plötsligt som att tanken på att jag skulle vara så kallad teamleader för ett team om två personer, där jag redan har arbetet ihop med den ena personen sedan jag klev in genom dörren för fem år sedan, är skrattretande. Ett för stort uppdrag.

Första gången jag var chef var det för fem personer och då var jag samtidigt teamleader för ytterligare sex personer.

Karriärmässigt har jag inte kommit någonvart på fem år. Och inte ens när jag började här kändes mina arbetsuppgifter svåra eller krävande. Jag har slösat med min tid.

Jag har hört att det förekommer mobbning i Karolas team. Att det är Karola som är mobbaren och att hon öppet talar negativt om den som hon har valt ut att mobba. Jag har i och för sig hört detta av en person som jag inte riktigt litar på men det låter inte som en omöjlighet. Jag kan i alla fall föreställa mig att Karola gärna vill bilda allianser och skapa konflikter.

Det går inte lång tid från det att jag först hör talas om detta till att personen i fråga säger upp sig. Jag känner mig både lättad över att hon inte behövde stå ut med behandlingen en längre tid, samtidigt som det gör mig ledsen att hon kände att hon bara kunde lösa situationen genom att byta jobb.

Jag förundras över att Karola kommer undan, vi som utför personlighetstester här.

Jag går ut och äter lunch med kvinnan som ska sluta och frågar vad som har hänt. Vi har ett trevligt men ytligt samtal. Hon berättar ingenting. Hon ska börja på ett konsultföretag och ska som första uppdrag fortsatt arbeta hos Asidio. Jag undrar för mig själv om det är hennes professionalism som gör att hon inte berättar, eller om det faktiskt är som jag är felinformerad.

Eller om hon, liksom jag mot slutet på VER, inte vågar lita på någon av sina kollegor.

Då

Vi skulle ha afterwork på VER och jag frågade Suzzie om hennes son, som precis börjat på ett tidsbegränsat uppdrag hos oss, skulle vara med. Suzzie fnös åt frågan och svarade bestämt nej.

Något senare kom Karola in på mitt rum och undrade om jag frågat honom om han vill hänga med på afterworken. Jag svarade att jag inte hade det men att jag inte heller ville fråga honom då Suzzie hade reagerat väldigt negativt när jag tog upp det med henne. Karola uppmuntrade mig då upprepade gånger att höra med honom.

"Jooo, det är klart att du ska fråga honom", trugade hon.

När hon insåg att jag hade bestämt mig suckade hon till slut, "Ja. Hon tyckte att det var jättemärkligt att du frågade henne."

Suzzie hade blivit så upprörd över det där med hennes son att hon valde att inte gå på afterworken. Jag tappade suget och gick inte heller.

Hade jag betett mig kränkande igen? Vad fick jag egentligen prata med folk om?

Och vad var Karola egentligen för en person? Hon hade försökt lura mig, få mig att misslyckas. Ännu mer än vad jag redan hade gjort.

Jag kom att tänka på den där kvällen på Savoy, som jag tillbringade med VER-folket innan jag ens hade börjat här. Vid middagen hade jag suttit mittemot Suzzie och bredvid oss, på bordets kortsida, satt Karola. Karola hade suttit och ätit från Suzzies tallrik och jag minns att jag hade upplevt det som väldigt osmakligt. Det hade jag inte känt om det rört sig om två vänner. Men att sitta och äta från sin tidigare medarbetares tallrik, det var märkligt.

Ännu sämre var att hon satt och förlöjligade någon annan vid bordet. Hon gjorde det till Suzzie som verkade hålla med i skitsnacket, men hon gjorde ingen ansträngning för att jag inte skulle höra. Däremot uppfattade inte vem gliringarna var riktade mot. Det kändes som Janet, vilket gav mig panik då hon satt precis till vänster om mig, men eventuellt var det Henny. Jag gjorde mitt yttersta för att med kroppsspråket visa att jag var helt ointresserad av detta, och att jag inte deltog.

Vad var Karola egentligen för en person?

Så småningom gick incidenterna från att ske bakom stängda dörrar och bakom ryggen på mig, till att ske mer eller mindre öppet.

Som gången när Janet i fikarummet nämnde Pildammsparken. Eftersom samtalet tidigare hade handlat om Hörby där hon bodde och jag måste ha missat bytet, blev jag konfunderad och frågade var den låg. Hon blängde på mig som att jag var en fullständig idiot och fick till slut ur sig, "Du borde verkligen tänka innan du pratar." Inte med ett skratt eller en retsam armbåge i sidan. Utan med en min som skrek avsmak och att hon var trött på mig.

En annan gång kom jag på henne med att himla med ögonen bakom ryggen på mig. Trots att hon snart var i pensionsåldern och att jag var i ungefär samma ålder som hennes dotter betedde hon sig som en *mean girl* i en amerikansk ungdomsfilm. Hon var elak men också löjlig. Jag önskade att insikten om detta hade gjort situationen lättare för mig men ingenting gjorde det lättare.

Gången när Janet fick luften att fullständigt gå ur mig var när hon på ett möte med hela ekonomiavdelningen vände sig till Henny för att be om ledighet. Som om jag inte ens fanns. Och som om hon ville visa de andra, inklusive min chef, att hon inte ansåg att jag fanns.

Sedan var det Suzzie. På en avstämning med Henny och mig berättade hon länge och väl om den supertrevliga lunchen alla hade varit på tidigare i veckan medan Henny varit bortrest. Jag reagerade genast på ordet *alla*. Hon fortsatte berätta att de hade åkt till Lomma Hamn. Hela ekonomigänget. Och sedan räknade hon långsamt upp alla namn. Jag nickade otåligt och försökte avbryta namnlistan som för att visa att det inte var nödvändigt att rabbla upp alla namn, att det faktiskt inte var vidkommande. Medan det jag egentligen menade var att det inte var snällt. Jag hade ju uppenbarligen inte ens blivit tillfrågad. Trots att jag varit på kontoret varenda dag. Men hon fortsatte lugnt och metodiskt att nämna alla andra ekonomer. Som om det var viktigt för henne att poängtera att jag inte varit med på det trevliga. Att jag inte ingick i ordet *alla*.

Jag frågade Henny efteråt om hon hade lagt märke till att Suzzie nämnt alla utom mig. Ja, nickade hon och sedan skakade hon på huvudet. Vi fortsatte titta på varandra en stund, leendes men ordlöst. Som om vi inte visste vad man kunde säga om saken.

Karola sa till mig vid något tillfälle att det som var bra med att man hade anställt mig var att Suzzie, Janet och Pär nu hade en gemensam fiende. Jag hade svetsat samman dem som team.

Men meningen var ju att jag skulle ha varit med i teamet.

Fram tills den här punkten hade kanske Hennys enda input kring situationen kommit från mig. Hon hade kanske inte lagt märke till så mycket själv.

Jag hade regelbundet gått till henne för att prata och få stöd. Hon hade trott på mig. Ja, hon hade ju faktiskt till och med förutspått situationen. Sagt att det skulle bli problem. Hon hade verkligen stöttat mig, om än aldrig med handling, och gett sken av att hennes stöd skulle finnas i all oändlighet. Men när hon väl började se det med egna ögon kom ett skifte i hennes beteende. Och det gick snabbt.

En av de otaliga gånger som jag satt i hennes rum och behövde prata om arbetssituationen avbröt hon mig plötsligt, "(min man) undrar om vi någonsin arbetar här. Hur det kommer sig att vi har tid med allt det här." Som om det jag behövde prata med henne om varje vecka inte var ett stort problem, och att det inte var något hon borde behöva ta itu med. Så förminskande.

En dag kom hon in till mig och var upprörd för att jag hade haft en excelfil öppen medan jag gick på lunch. På VER brukade man tydligen stänga ner eventuella gemensamma filer man höll på att arbeta med innan man till exempel gick på lunch, för ifall att någon annan behövde arbeta i dem.

Det började hända att jag kom på henne med att bara sitta och titta på mig. Hon log inte då. Hon såg bekymrad ut och det kändes som att hon var besviken och att hon ville att jag skulle se det.

Jag började undra om vår smekmånad nu var slut eller om jag inte hade lyckats bli kvalificerad som bästa vän trots allt.

Förändringen hos Henny kom att bestå. Jag förstod inte hur jag kunde gå från att vara hennes klara favorit, den hon hade anförtrott sig åt så mycket, till att vara i den relation vi hade nu, och dessutom så plötsligt. Vad var det som hade förändrats? Vad hade jag gjort? Det enda jag kunde komma på själv var a) att jag hade blivit med barn och b) att jag hade problem med mitt team. Det första kunde jag förstå, det kunde jag givetvis. Men att det skulle vara ett problem hade hon inte visat förrän nu, tvärtom hade hon varit mycket vänlig redan när jag först berättade det. Och om problemet var svårigheterna som jag onekligen hade med mitt team – hur kunde hon lasta mig för det? Det kunde hon knappast, hon hade ju till och med berättat för mig att teamet skulle ha problem med att acceptera mig.

Att jag inte hade lyckats lösa konflikten – var det det som var problemet?

I princip samtidigt som jag började märka av förändringen hos Henny, såg jag något liknande ske hos Danuta. Hon ville inte lyssna på mitt prat om teamet längre. Hon avbröt mig när jag pratade om svårigheterna, bytte samtalsämne, svarade inte på mina frågor. Vem som helst kan tröttna på att lyssna på en person som alltid pratar om samma sak men att skiftet hos dem kom så nära i tiden fick mig att tro att de hade pratat om mig och att samtalet hade förändrat något.

Danuta och jag var i väg på en endagskurs när jag först såg skiftet hos henne. Återigen förvandlades jag till en dåligt kommunicerande amerikan. Jag upprepade saker jag redan hade sagt i tron om att bara jag sa det en gång till så skulle hon förstå mig. Men hon reagerade inte, framför allt inte som hon hade gjort tidigare. Hörde hon mig inte? Varför kommenterade hon inte ens det jag sa? Hade Henny bett henne att inte prata med mig om situationen?

Jag hade nu ingen på jobbet jag kunde anförtro mig till. Jo, HR hade jag förvisso men det var en föga tröst. När jag började här hade jag haft allt självförtroende i världen, utan att för den sakens skull vara skrytsam. Jag hade varit innerligt glad över min nya tjänst och sett fram emot att sätta i gång. Fyra månader senare och situationen var så annorlunda.

Jag hade känslan av att samtal skedde om mig bakom min rygg. Inte bara mellan mina medarbetare, Karola och Jens. Utan nu även mellan Danuta och Henny, och kanske även mellan Karola och Henny. Jag kände att jag inte vågade lita på någon.

Vi hade möjlighet att boka tid hos en massör som regelbundet kom till kontoret med sin bänk. Inte ens inne hos henne under den halvtimma som massagen tog kunde jag känna att jag var trygg. Medan hon knådade min rygg pratade hon på om de andra. Till exempel om Karola och hennes kost och hur hon hade tagit kontroll över sitt liv. Jag ville inte höra det när jag var på massage. Jag ville inte ha med Karola eller någon av de andra där inne. Dessutom började jag tänka att massören med nästa kund kanske skulle komma att prata om mig.

Jag upplevde att flera personer inte log mot mig. Att de knappt hälsade tillbaka när jag hälsade på dem. Kanske att de bara inte var lika sociala som mina tidigare kollegor? Jag visste inte längre.

Jag pratade inte längre spontant från hjärtat utan vägde mina ord innan jag öppnade munnen. Kunde det jag ville säga kränka någon eller skulle jag framstå som korkad?

Jag hade bjudit in en högt ansedd momsexpert från en av mina tidigare arbetsplatser för att berätta för oss om nyheter på momsområdet. Så fort teamet insåg att han och jag kände varandra sedan tidigare var det som om det hände något i deras blickar och luften i rummet förändrades. Hade detta varit konstigt gjort av mig eller inbillade jag mig bara?

Vi brukade turas om att köpa bröd till kontorsfikan på fredagar. En gång när det var min tur tipsade Suzzie mig om ett särskilt bröd. Jag skulle absolut inte köpa en viss annan sort. Paniken detta orsakade inom mig var oproportionerlig. Hennes ord kunde för en gångs skull väl inte ha varit annat än välvilliga men jag blev väldigt ängslig för vad reaktionerna skulle bli från teamet om jag inte lyckades få tag på favoritsorten.

En dag ringde Suzzie in till kontoret och berättade för mig att hon behövde komma sent för att hennes häst hade sparkat någon. Hon var väldigt upprörd. Vi pratade länge och vi fortsatte prata om det under dagarna som följde. Jag hade ingen egen erfarenhet av hästar men förstod att det här var en stor sak. Framför allt lät hon mig förstå att det var en stor sak att berätta detta för mig, och jag fick inte lov att berätta det vidare. Ett anförtroende, en sista chans. Hon var teatralisk och jag var i upplösningstillstånd inombords. Jag hade ingen aning om hur jag skulle trösta eller om det var det jag förväntades göra över huvud taget.

En sak var säker och det var att jag börjat tvivla på det mesta. Jag kände mig inte trygg.

Det värsta med denna tid var utan tvekan att mitt mående inte var isolerat till timmarna på kontoret. Jag mådde dåligt även hemma. Jag var frånvarande mentalt och gick ofta och våndades inför att behöva gå tillbaka nästa dag eller efter helgen.

När vi hittade på roliga saker att göra kunde jag ibland förlora mig i dem för stunden. Men VER var alltid närvarande i mina tankar.

Umgicks vi med andra vägde jag alltid alternativet att berätta för våra vänner om min situation mot att bara njuta av den trevliga stunden. Det senare vann i regel. Det fanns så få sol-glimtar, vilket är en sjuk sak att säga när man har en mysig ettåring och väntar på ännu ett efterlängtat barn tillsammans med sin partner, men så var det och jag ville inte låta det negativa spilla över i de fina stunder jag faktiskt upplevde.

En gång började jag berätta för en nära vän om situationen. Hon svarade avvisande, "Äh! Sådant har chefer betalt för." Efter det tvekade jag kring att gå in på ämnet fler gånger med mina vänner.

Var det verkligen sådant chefer hade betalt för? Det tyckte jag inte. Det var som att säga att kändisar fick stå ut med att bli förföljda av paparazzi för att de valt att bli artister. Jag såg inte sambandet.

Vännen menade förmodligen inget med det hon hade sagt. Det var säkert bara hennes sätt att få mig att komma på andra tankar. Jag lät mig tystas men det här var inget jag kunde distraheras ifrån. Jag slutade prata om det för att jag blev generad. Och för att jag ville försöka fylla den lediga tiden med så mycket solljus och skratt som möjligt så att jag skulle orka med den sista tiden på kontoret.

Den som skulle bli min vikarie under föräldraledigheten var en extern konsult som hette Emma. Hon skulle ta över allt som hette redovisning när jag gick hem. Personalansvaret däremot skulle tillbaka till Henny, som tack och lov hade ändrat sig när det gällde idén om att jag skulle ha kvar det och de täta kontakterna med teamet under hela ledigheten.

Janet, Suzzie och Pär älskade givetvis Emma. *Surprise surprise.* Det fanns inget att inte tycka om men ärligt talat: de hade föredragit vem eller vad som helst framför mig.

Emma var en frisk fläkt och dagarna blev med ens tolererbara och till och med roliga. Hon satt inne hos mig och lärde sig ivrigt det lilla jag hade att lära ut om jobbet. Jag kom på mig själv med att ofta säga "som jag har förstått det", för det var så lite jag visste med säkerhet. Det var snarare så att jag hade pusslat ihop saker själv.

Emma var snabbtänkt och organiserad och överlämningen gick smidigt. Varje dag åt vi lunch tillsammans och ibland tog vi en kort promenad efteråt. Det tog ett tag innan jag öppnade upp mig för henne om hur jag upplevde arbetsplatsen. Förmodligen hade hon redan sett hur det stod till, eller kanske till och med hört. Jag trodde inte att någon kunde undvika att snappa upp det.

Hon kunde omöjligen ha missat till exempel den gång som hon och jag hade suttit och arbetat vid mitt skrivbord och Henny kommit inrusande i rummet, tagit ett hårt grepp om min högra axel och informerat mig om ett sifferfel som hon hittat i en av de där cirka trettio rapporterna jag hade skickat ut till regionerna den månaden. Hon hade stirrat på mig intensivt och fick till slut ur sig: "Du *måste* vara mer försiktig... för din *egen* skull!"

Ur min synvinkel betedde hon sig komiskt. Hon hade blivit arg för att jag gjort ett sifferfel i en intern rapport. Så arg att hon hade behövt visa sin fysiska styrka. Trodde hon. Budskapet som nådde mig var i stället att hon saknade perspektiv, tålamod och tolerans. För att inte tala om vett. Men hur roligt eller snarare patetiskt jag än tyckte att hon hade betett sig så kunde jag inte skratta. För det var också något i detta som hade gjort att jag skämdes. Inte för att jag hade gjort ett sifferfel. Utan för att jag lät mig behandlas på det här sättet.

På grund av ett sifferfel.

Jag hade bestämt mig för att jag skulle berätta lite om det hela för Emma men jag tyckte samtidigt att det var viktigt att jag inte färgade hennes uppfattning av personerna på avdelningen. Att jag försökte hålla mig saklig och att jag var tydlig med att det jag berättade var min upplevelse. Emma skulle trots allt arbeta med dessa människor i ungefär ett år.

Dessutom kände jag mig osäker på om ett anförtroende skulle stanna hos henne. Det var ingenting som hon utstrålade eller hade sagt som gjorde att jag tvekade. Det var månaderna av osympatiskt beteende och emellanåt direkt utfrysning från de andra. Ointresset hos personalavdelningen att engagera sig. Och nu den förändring jag såg hos Henny och Danuta.

Jag insåg att jag var paranoid men det kändes konstigt att jag inte hade fått vara med i valet av min egen ersättare. Särskilt som det visade sig att hon fått träffa alla andra på avdelningen innan hon började. Det kändes också olustigt att jag inte fick vara med i de förberedande samtal som Henny måste ha haft med henne. Vad kunde hon ha sagt om mig?

Kunde jag lita på att sådant som jag sa till Emma inte återberättades för Henny? Jag hade nästan blivit som Pär som verkade tro att *jag* hade en dold agenda. Det var så här man blev på VER.

Jag struntade till slut i denna ogrundade oro. Även om Henny körde med oschyssta kort sa mig min magkänsla att jag kunde lita på Emma. Och även om det sedan skulle visa sig att min magkänsla hade haft fel, så hade jag inget att dölja.

Jag berättade som det var för Emma. Jag berättade det en gång och jag bestämde mig för att det fick räcka. Jag skulle inte gå här och snacka skit eller älta för min vikarie.

Hon tyckte förstås att det lät hemskt, det jag hade att berätta, och det var tydligt att hon stöttade mig. Det kändes så tryggt. Äntligen hade jag någon jag kunde lita på i detta dårhus.

Hon låtsades inte att hon tyckte illa om de andra på grund av det jag hade berättat. Hon var en professionell konsult och jag respekterade det. Hade vi lärt känna varandra utanför arbetet hade det säkert varit annorlunda. Det stöd jag fick av henne räckte dock väldigt långt för att jag skulle orka stå ut under de allra sista veckorna innan min föräldraledighet.

Till slut fick jag träffa den beryktade Bertil. Vi hade bett honom komma inom kontoret för att förklara för mig hur man hanterar fusioner i ekonomisystemet. Jag tyckte att det var märkligt att de inte sedan tidigare bett honom dokumentera processen eller på annat sätt lämna över uppgiften innan han gick i pension. Men jag sa inget om det.

Jag hade på förhand fått höra så mycket om denna man. Det fanns de som tyckte om honom, och alla verkade tycka att han var ett geni. Men den huvudsakliga delen av det jag hört var negativ, så pass att jag förväntade mig en tyrann. Han bekräftade tyvärr denna bild på nolltid. Han hälsade knappt när vi möttes och pratade till mig som om jag inte kunde någonting om redovisning, trots att jag arbetat med det i drygt tretton år. Han såg ut att känna avsmak. Det var lustigt för jag tänkte att han hade samma ansiktsuttryck som Janet. Trots att hon ogillade honom så mycket hade hon kanske tagit efter honom i detta.

Jag avbröt honom tidigt i samtalet och sa, "Du behöver inte prata med mig så där. Du är här för att lära mig något. Om du vill att jag ska lära mig detta behöver du tala till mig med respekt. Annars går jag. Jag får lista ut detta själv."

Han hoppade till och verkade tänka på saken en sekund. Sedan ändrade han på tonen och lärde ut det jag behövde veta på ett informativt sätt. Utan sura miner.

"HUR gick det?" frågade Henny med förväntansfulla ögon när hon någon timma senare såg mig komma gåendes i en av korridorerna.

"Fasiken, va otrevlig han var", skrattade jag torrt.

Hennys ansiktsuttryck stelnade långsamt till. Hon upprepade, "Hur gick det. Med. Ert. Möte."

Nu var det jag som studsade till. Hennes ton var hård. Hon såg rasande ut. Det fanns inget liv i hennes ögon och allt det söta som funnits där tills för några veckor sedan var bortblåst.

Jag hade inte svarat rätt. Det insåg jag genast. Givetvis ville Henny veta hur det hade gått med mötet. Bertil som gått i pension hade varit vänlig nog att komma in för att hjälpa mig. Vem var jag att klaga på honom? Jag kunde förstå att hon kände sig besviken på min otacksamhet.

Samtidigt var Bertil en institution som man fortfarande pratade om trots att det gått flera år sedan hans anställning hade upphört. Även bland dem som hade börjat först efter hans tid. Många tyckte inte om honom över huvud taget eller återberättade i alla fall om hur illa han hade betett sig. Inklusive Henny. Det vara alltså okej för mig att lyssna på detta skvaller men inte att tycka själv. Jag noterade ytterligare en oskriven regel som jag hade brutit.

Jag försökte att inte låtsas om hennes ton. Jag svarade i stället sakligt hur jag tyckte att det hade gått med överlämningen. Även om jag någonstans kunde tycka att det inte var konstigt av mig att först ge uttryck för hur otrevlig han faktiskt hade varit.

En annan dag frågade Henny hur det gick med redovisningsmanualen. Jag påminde henne om att hon hade sagt att vi skulle titta på det gemensamt längre fram.

"Men det var ju för fem månader sedan!" nästan skrek hon.

Förvisso. Jag borde säkert ha varit mer drivande där. Men jag hade verkligen inte kommit in i saker. Jag tyckte att det började bli riktigt genant att jag hade så lite att göra om dagarna. Det finns ett tak för hur många gånger man kan läsa månadens interntidning eller hämta kaffe under en dag. Avbrottet till kaffemaskinen blev något jag kom att se fram emot för att det var något jag kunde göra. Men att arbeta självständigt, att bidra, det hade jag inte möjlighet till. Jag hade inga förutsättningar. Jag kunde knappt fråga om hjälp.

Jag visste inte ens vem jag kunde fråga. Jag visste i och för sig vilka som satt på svaren men de var inte intresserade av att lära upp mig.

Tack och lov för Emma. Inte nog med att situationen hade blivit mer dräglig sedan hon började hos oss, med henne blev många stunder till och med roliga. Jätteroliga. Det kändes så udda för mig att skratta på detta ställe. Sa jag något som jag själv tyckte var roligt så skrattade hon. Jag som knappt hade något självförtroende kvar när jag var med de andra. Med Emma kom jag liksom ihåg vem jag var. När jag med låtsasallvar förklarade för henne att hon inte under några omständigheter fick ställa frågor på det som jag lärde henne, för frågor ställde man inte här, och att hon inte heller fick göra fel, så skrattade hon så hårt att jag trodde att hon skulle ramla av stolen.

"Och kom ihåg att aldrig, aldrig använda ordet faktura, Emma. Det vet väl alla att det heter räkning!"

Äntligen kunde även jag skratta åt allt det bisarra.

Hon sökte sig inte till de andra, trots att jag upplevde att de var trevliga mot henne, utan valde alltid att sitta med mig på luncher och fikor. Hon blev min livboj. Jag kände att hon genuint tyckte om mig, men jag undrade för mig själv om hon till viss del även valde mig som en markering mot deras beteende.

I september åkte några av oss i väg till Stockholm på någon konferens med övernattning och jag kände mig väldigt lättad över att Emma fick följa med. Stunderna när vi inte satt i grupparbeten eller lyssnade på presentationer, kändes det som om jag var ute och reste med en vän. Vi lyckades även hamna bredvid varandra på middagen. Det var vi och två andra som delade bord. De andra kom från ett annat kontor och ingen av oss hade träffats tidigare. Vi hade jätteroligt och det var en sådan lättnad med tanke på hur det hade kunnat bli med oflyt vid bordsplaceringen. Mitt humör var på topp och att jag tyckte mig se Henny sitta och stirra med tomma ögon på mig varje gång jag såg mig omkring kändes som en bagatell.

Mot slutet av kvällen hängde ett antal av oss i en herrklubbsliknande salong. Några i sällskapet spelade biljard medan vi andra samtalade i olika konstellationer med mer eller mindre uppmärksamhet på spelet. Emma och jag pratade mest med varandra. Vi var perfekt synkade, samtalet flöt på i snabb takt och skratten avlöste varandra. Givetvis hade jag inte druckit en droppe alkohol denna gång, men jag var lika avslappnad och varm i kroppen som man faktiskt kunde bli av ett glas vin i ett riktigt gott sällskap.

Och där stod hela tiden Henny, några meter bort, med blicken på mig och en överdrivet besviken min.

Vad ville hon? Och hur kunde jag göra henne besviken i denna stund? Kunde jag inte ens få vara glad? Jag noterade hennes uppsyn men orkade faktiskt inte bry mig. Jag tänkte inte låta henne förstöra. Jag vände uppmärksamheten tillbaka till Emma. Kort därpå bestämde vi oss för att dra oss undan och gå och lägga oss tidigt. Det var mycket möjligt att även detta förtjänade *minen* men jag kunde inte bry mig mindre än vad jag nu gjorde.

Det var veckan innan jag skulle gå hem och Henny och jag hade kört in till Malmö på lunchen. Vi hade tagit oss till Välfärden, mitt gamla favoritställe från tiden då jag arbetade i centrala Malmö. Jag hade berättat för Henny om restaurangen redan tidigare. Jag hade nämligen snappat upp att de letade personal och jag tipsade Henny om det då jag visste att hennes vuxna son hade svårt att komma in på arbetsmarknaden. Jag mindes att hon verkligen hade uppskattat min omtanke.

Det kanske var den bekanta omgivningen och kocken som hälsade glatt på mig som om han fått återse en gammal vän snarare än en tidigare stammis. Något var det som gjorde att jag kände mig stark när vi slog oss ner vid ett av långborden. Henny och jag pratade vänligt med varandra, så som vi hade gjort i början. Så som man gör. Eller rättare sagt, som vanliga människor gör, men som jag under kort tid vant mig av med i jobbsammanhang.

"Du gick raka vägen hem efter att ha skrivit på avtalet med oss och blev med barn", spottade Henny plötsligt ur sig. Hennes ton hade hårdnad med en handvändning och hennes ögon log inte längre från de trevliga fraserna vi precis hade bytt med varandra.

"Så var det inte", svarade jag skärrat. Innan jag insåg att hon faktiskt inte hade ställt en fråga.

"Jo. Så var det."

"Nej!" det kändes som att tungan började svälla i munnen på mig och att jag behövde dricka. Men mer än något annat behövde jag försvara mig. "Vi ville bli med barn, men så var det faktiskt inte."

"Jo. Det var det", konstaterade hon som att det var ovidkommande vad jag sa. Hon trodde uppenbarligen inte ett skvatt på något jag hade att säga längre. "Och dessutom skulle du aldrig ha haft de där kläderna på dig."

De där kläderna?

"Vilka kläder?" frågade jag förvirrat. Nu hade jag verkligen ingen aning om vart hon var på väg.

"De där kläderna du har. Man ser ju att du är gravid. Det kunde vi se redan från första början."

"Ja, men jag var ju gravid redan från första början, och det visste ju du."

"Ja, men jag visste inte att det syntes!"

Sedan satt vi där mer eller mindre i tystnad tills vi hade ätit färdigt. Att jag åt var enbart för att rädda min stolthet. Så att hon inte skulle ana riktigt hur upprörd och förvirrad hon hade fått mig att känna. Någon hunger kände jag inte, tvärtom. När det gällde mina kläder för övrigt, visste jag inte vad problemet var. Jag kunde inte se att de var märkliga på något sätt, annat än att de inte mirakulöst lyckades dölja min nästan fullgångna graviditet.

Hatfulla människa. Vad var hon ute efter?

Det var sant, det som hon sa. Inte att jag hade gått hem och ropat lyckligt till Olof i dörröppning, "Kom och sätt på mig! Jag har skrivit på nu!" Men visst hade vi blivit med barn kort efter avtalsskrivningen. Det kunde vem som helst lista ut.

Men vad hade hon med den saken att göra? Inte ett skvatt. Det var som om det plötsligt hade gått upp för henne att jag nu skulle gå på föräldraledighet och att hon nu hade börjat förakta mig för det.

Varför gick hon till attack mot mig? Vilket svar ville hon ha på sina icke-frågor? Ville hon ens ha svar? Eller hade hon gett upp på mig? Var detta hennes sätt att visa det? Varför hade hon föreslagit att vi skulle ut och äta lunch idag? Snacka om bajsmacka.

Under den lunchen förlorade jag all respekt för henne och den kom aldrig tillbaka.

Henny började frågade mig jämt och ständigt när jag skulle gå på föräldraledighet. Trots att jag hade angett samma datum ända sedan första början: första november. Jag svarade alltid blixtsnabbt som om det skulle bevisa att den ursprungliga beräkningen för nedkomsten fortfarande höll. För att inte verka misstänkt.

Barnmorskan hade sagt att pojken skulle komma den nionde november. Måtte det vara så och inte en dag tidigare. Jag var så rädd att han eventuellt skulle komma tidigt och att det bräckliga förtroendet, generöst uttryckt, man hade för mig på VER helt skulle gå i kras.

Det visade sig att Henny höll på att planera en dag med *teambuilding*, och att den skulle inträffa en eller två dagar efter att jag hade gått hem. När jag insåg detta sa jag genast att jag kunde skjuta på min ledighet någon dag, men det ville hon inte att jag skulle göra.

Det tyckte jag var underligt.

I efterhand fick jag veta att det inte var bara typiskt roliga, fartfyllda aktiviteter som stod på agendan för dagen, utan det gjorde även gruppsamtal med någon sorts kurator. Om vår trivsel och våra upplevelser av team på arbetsplatsen. "Om att få ihop gruppen", skulle hans del heta. Han dök för övrigt upp på kontoret den sista oktober, alltså dagen innan jag gick hem, för att prata med vad jag förstod samtliga utom mig.

Tänk om vi hade kunnat ha den dagen några månader tidigare. Hur tänkte människan när hon planerade in detta så att den inträffade när jag inte var där? Jag som så gott som från första början hade haft problem med team och att få ihop gruppen och dessutom hade framfört det till henne varenda vecka sedan dess.

Det var verkligen dags för mig att gå hem. Det hade det varit länge.

Jag hade en jobbig föräldraledighet. För det första för att det uppstod komplikationer vid förlossningen vilket ledde till att jag bara någon timme efter ett akut kejsarsnitt fick sövas och opereras i buken. Man visste inte om jag skulle överleva. Kirurgen hade frågat om det fanns någon som jag ville ha med mig in i operationssalen. Jag hade sagt Olof. Då fick jag veta att det var omöjligt, att han inte skulle hinna till operationssalen i tid. Han som redan var på sjukhusområdet. Vem skulle då ha hunnit komma dit? Det var bråttom.

När det var dags att sövas och masken hotfullt närmade sig mitt ansikte visste jag inte om det jag upplevde var mina sista medvetna sekunder i livet. Tack och lov blev det inte så och jag blev utskriven från lasarettet ett antal dagar senare. Med en slang hängandes från buken där jag kunde se hur det långsamt droppade blod.

Mellan återkontrollerna gick vi ensamma där hemma, jag och Enzo, som vår bebis fick heta. Jag var övertygad om att jag var döende. Jag hade fått för mig det. Att jag långsamt förblödde men att ingen annan än jag själv hade förstått det.

Det var vinter och jag hade till en början inga mammalediga vänner att umgås med. Vi hade flyttat från Malmö bara ett halvår tidigare så jag hade knappt hunnit lära känna någon över huvud taget. Det var tungt psykiskt att känna att jag borde vara lycklig men att jag inte kunde vara det. För hur kunde jag vara det samtidigt som jag var döende? Jag skulle dö och lämna mina barn utan mor.

Det blev rätt många återbesök och även en del kurator-kontakter under de första månaderna. Med snälla och tålmodiga lilla Enzo ständigt fastlimmad i min famn, och livliga Morgan som förutom under de femton timmar i veckan han fick vara på förskolan var hemma och ville ha någon att leka med, traskade jag igenom en tid som kändes mörk och dyster. Jag ville egentligen bara ligga i ett mörkt rum och sova dagarna i ända.

Vi kom sällan ut. Jag kände mig mer och mer nedstämd och tyckte att jag svek mina barn, framför allt minstingen. Jag hade inte riktigt knutit an till honom och nu skulle jag förmodligen dö innan jag hann göra det.

Jag skickade det obligatoriska mejlet till kollegorna med uppgift om barnets vikt, längd och kön och en kort summering av förlossningen. Jenny som arbetade med kontorsadministration och som var min mest avlägsna kollega, var den enda utöver Henny och Emma som svarade på mejlet.

Det förvånade mig inte. Det var ingen som hade intresserat sig för min graviditet så varför skulle de bry sig om förlossningen, mitt barn eller ens att jag hade överlevt.

När Enzo var en och en halv månad gammal gifte Olof och jag oss och vi var en lycklig familj med gemensamt efternamn. Men livet lekte inte. För mig överskuggades dagarna hela tiden av min ångest för att gå tillbaka till VER. För jag hade bestämt mig för att göra det. Veckorna innan jag gick hem hade jag känt annorlunda men efter de allra sista individuella samtalen jag hade haft med Suzzie, Janet och Pär kände jag att jag ville kämpa. Det var väl egentligen inte på grund av något särskilt som hade sagts under de stunderna som kämparglädjen hade väckts. I efterhand kunde jag faktiskt inte minnas eller förstå varför jag över huvud taget hade kommit att känna så. Det kan ha berott på att jag vid några andra tillfällen i livet i efterhand känt att jag gett upp för tidigt. Det kanske trots allt skulle finnas en regnbåge i slutet av denna soppa?

Och kanske att jag efter denna paus skulle orka ta mig an situationen på ett annat sätt, med annan kraft. De tre i teamet kanske också skulle komma på andra tankar medan jag var borta. Och se annorlunda på mig när jag var tillbaka, utan gravidmagen.

Mitt beslut höll inte länge utan började grusas efter bara några månader. Det kändes som om Henny ringde mig stup i kvarten. Det gjorde hon inte men de gånger som hon ringde sattes det i gång negativa känslostormar inom mig som höll i länge.

Hon ringde för att rapportera om vad som hände på kontoret. Som om jag ville bli påmind. Ibland berättade hon något negativt som Janet eller Suzzie hade sagt om mig. Jag undrade för mig själv hur hon i sådana situationer hade svarat dem. Och vad det var som motiverade henne att ta upp det med mig medan jag var föräldraledig.

Återkontrollerna på lasarettet sa så småningom tack och lov något annat än vad jag hade befarat och efter ytterligare några veckor förstod jag att jag skulle överleva och att jag till och med var frisk. Det började kännas lite lättare i sinnet när det äntligen blev ljusare även utomhus. Då kunde Enzo och jag äntligen börja lära känna varandra och jag njöt av honom. Han släppte fortfarande aldrig taget om mig.

Första gången jag besökte kontoret tillsammans med honom, vilket även kom att bli den sista gången, försvann Hennys förväntansfulla leende genast när jag avslöjade hans namn.

"Men. *Du sa.* Att han skulle heta Oskar. Precis som Bertils son." Hon såg nästan vädjande ut. Vad spelade det för roll för henne? Hade hon slagit ett vad?

"Just det. Nej, vi ändrade oss. Det blev en liten Enzo i stället", svarade jag bestämt och log mot honom.

Men hon bara fortsatte titta på mig. På det där sättet som jag nu hade vant mig vid. Som om jag var ett UFO. Ett UFO som var en stor besvikelse för henne.

Danuta frågade om han hade fler namn, så att han kunde byta när han blev stor. Jag svarade *nej* varpå hon sa, "Det var inte snällt."

Nu även från Danuta?

Jag borde förstås ha sagt, "Ursäkta mig? Vad är det du säger? Säger du att vi har valt ett fult namn åt vårt barn?" Och hon borde ha förstått att det hon hade sagt var ociviliserat och elakt. Att hon hade gått över en gräns. Men jag tog emot och svalde, så som jag redan hade gjort ett tag med alla de andra.

Under en gemensam fika överlämnade Jenny en present till oss från avdelningen. Hon berättade att det var hon som hade handlat den, men det hade hon inte behövt förtydliga. Det var givet. Varför skulle jag tro att min chef, mina medarbetare eller mina närmsta kollegor hade velat göra det?

Efteråt bad Henny om att få tala med mig i enrum. När vi klev in på hennes kontor, där jag tidigare hade känt mig så trygg, frågade hon hur jag hade tänkt att det skulle fungera att vara tvåbarnsmamma och chef. Jag blev ställd och visste inte hur jag skulle svara. Hon bad mig fundera på saken och sa att hon skulle ringa upp mig snart så att vi kunde diskutera det.

När jag gick förbi mitt rum på vägen ut, såg jag att vakt-mästaren hade hängt upp en skylt med mitt nya efternamn på. Janet kom samtidigt ut ur sitt rum och hennes blick följde min till den blanka skylten.

"Korsudd", fnös hon. "Vad är *det* för sorts namn?"

Jag log urskuldande och sa att jag inte visste, att det var ett namn från Olofs familj.

Jag stod inte upp för mitt nya efternamn. Det som jag tyckte var så fint. Jag som var så nöjd med att ha samma namn som mina underbara pojkar och min nyblivna man som jag var så kär i. Och ändå föll jag så fort in i skam- och svekspåret. En knapp timme på kontoret hade räckt.

Hur hade jag ens kunnat tro att några månaders paus ifrån varandra skulle förändra något?

Nej, här var det samma gamla visa. Här trycktes jag ner och här orkade jag inte stå upp för mig själv eller den jag var. På samma sätt som jag hade gjort genom att *inte* berätta vitt och brett om min lycka kring graviditeten och senare kring Enzos födsel. Jag hade hållit tillbaka med den lyckan bland kollegorna. Kollegorna som knappt frågade mig om mitt tillstånd och som tyckte att det var bättre om jag klädde mig så att graviditeten inte syntes. Arbetsplatsen där jag varit så rädd emellanåt för att Enzo skulle födas tidigt för ifall att man skulle tro att jag ljugit om när han blev till.

De här människorna hade tagit så mycket ifrån mig som skulle ha varit fint för mig och min son.

På väg därifrån rev jag ner annonsen med bilden på pojken som hette Oskar.

Jag kunde inte gå tillbaka dit, det borde jag ha insett redan från början. När Enzo var fyra månader gammal hörde jag av mig till några rekryterare som jag hade kontakt med sedan tidigare, och strax därpå började vi gå på intervjuer. Vi, det vill säga Enzo och jag. Ibland var han med i rummet, andra gånger fick hans mormor eller farmor gå på promenad med honom i de närliggande kvarteren. Jag var glad över att ha några månader på mig innan det jag hade sagt att jag skulle tillbaka. Jag ville inte ta första bästa tjänst.

En annan sak jag inte ville var att bli chef. Jag sökte inte ett enda chefsjobb. Aldrig igen.

Jag var inte mycket för att nätverka men jag såg i alla fall till att äta lunch med mina favoritchefer genom tiderna, Leif som senare skulle komma att bli så upprörd när Danuta sökte en tjänst hos honom, och Henrik från spelföretaget. Båda tappade fattningen när jag berättade hur jag haft det, och det kändes så skönt att bli lyssnad på. Och att de båda tog det jag sa på allvar och blev förbannade. För inget av detta var okej.

Båda skulle höra av sig när de i framtiden var i behov av en redovisningschef eller liknande.

Någon månad senare besökte Henny mig i vårt hem. Hon stannade tvärt till när hon kom in i vardagsrummet. Med blicken på vårt matbord i teak sa hon att hon en gång i tiden hade haft ett exakt likadant bord.

"Jag köpte det begagnat i Malmö för några år sedan", svarade jag. "På Möbeldepån."

"Då är det kanske mitt gamla bord."

Hon frågade om jag hade funderat mer på hennes fråga. Vilken fråga, undrade jag. Hur det skulle fungera att var tvåbarnsmamma och chef. Jag poängterade bestämt att jag var förälder redan när hon anställde mig. Inte till två barn, sa hon med eftertryck. Det var inte samma sak. Det var stor skillnad på att ha ett och två barn. Ah, så du har förstått det trots allt, tänkte jag för mig själv. Hon som ursprungligen hade bett mig att hålla kontakt med teamet varje vecka under min ledighet hemma med två små barn.

Hon hade själv haft två små barn. Inte spädbarn, de hade adopterat. Men ändå barn som var små, och som säkerligen var i behov av mycket uppmärksamhet. Ville hon trots det inte stötta en annan kvinna i karriären på grund av föräldraskap? För jag upplevde inte att frågan kom sig av omtänksamhet eller ett nyfiket intresse av hur vi tänkt oss kring arbetstid och logistik. Hon ifrågasatte mig.

Hon undrade hur jag hade gjort om jag behövde åka på möte i Stockholm en dag. Jag påminde henne om att jag hittills inte hade behövt åka till Stockholm en enda gång sedan jag började min anställning. Och att barnen dessutom hade en till förälder.

Hon ryckte på axlarna, nästan likgiltigt. Liksom hon hade gjort på Välfärden när hon inte brydde sig om att lyssna på mig efter att hon hade gjort sitt påhopp.

Nu hade hon väl sagt det hon kommit för att säga.

Kontakten med Henny upphörde inte. Hon ringde titt som tätt. Jag blev alltid väldigt påverkad av våra samtal en lång stund efteråt. Upprörd är att uttrycka det milt. Jag önskade att hon bara kunde låta mig vara ledig i fred.

Sista gången hon ringde var jag ute och körde bil. Jag såg på displayen att det var hon och tvekade en stund innan jag svarade. Jag ville verkligen inte prata med henne. Samtidigt var det bättre att få det gjort. Annars skulle jag bara våndas innan jag tog modet till mig och ringde tillbaka.

Jag förklarade att jag satt i bilen. Det gjorde inget, sa hon. Hon skulle fatta sig kort.

Hon berättade att jag inte skulle få full bonus i år eftersom den där fusionen hade skjutits på till nästa år. Det var det löjligaste jag hade hört. På andra ställen hade man i en sådan situation skruvat på bonusmålen om någonting inträffat som gjorde att de var omöjliga att nå och om detta var utom medarbetarens kontroll. Men ett eventuellt skratt från min sida fastnade i halsen. Och jag tänkte inte argumentera med henne om detta eller ens kommentera saken.

Hon berättade vidare att hon inte tänkte ge mig någon löneökning i år eftersom hon inte tyckte att det hade gått så bra.

"Jag undrar vad du tycker om det?"

Det var som att jag stod vid ett stup med henne bakom mig. Hon puttade på mig, provocerade mig, lite i taget. För att se hur mycket som behövdes för att jag skulle hoppa. För att tala klarspråk: för att se vad som behövdes för att jag skulle säga upp mig. Vad skulle bli hennes nästa steg?

Jag orkade inte leka den här leken så jag berättade att jag letade efter annat jobb. Hon reagerade inte på det. Jag frågade om hon ville ha kvar mig. Först fick jag ett svamligt svar så jag frågade igen. Då sa hon nej, inte till den tjänsten för hon trodde inte att jag skulle lyckas. Hon undrade om jag kunde tänka mig en annan roll. Fanns en sådan, frågade jag. Hon visste inte. Det var bara en idé hon fick nu. Det skulle dock bli med lägre lön och utan bonus.

Där hade vi det.

Hon valde alltså att behålla dem. Det blev trots allt mig hon valde att byta ut i slutänden. Efter allt prat om motsatsen. Prat, ja det var hon duktig på.

Hade jag varit smart hade jag säkert kunnat vägra säga upp mig och få henne att komma med ett erbjudande om en ekonomisk uppgörelse. Fresta mig till att sluta, i stället för att fortsätta putta mig vid det där stupet. Det hade förmodligen varit hennes nästa drag. Men ur mitt perspektiv var det smartare och hälsosammare att dra så fort jag bara kunde nu. Jag borde ha gjort det för länge sedan. Jag behövde stå upp för mig själv. Rå om mig själv. Rädda mig.

Jag såg att företaget där Henrik arbetade hade en annons ute om ett ekonomijobb. Jag kontaktade honom och höll tummarna. Men han svarade att tjänsten inte var rätt för mig. Det var det han sa men det jag hörde var att han inte ville arbeta med mig trots allt.

Jag hamnade så småningom i tre intressanta rekryteringar och blev i slutänden erbjuden två av tjänsterna. Jag valde den minst utmanande av dessa. Dagen då jag tackade ja till jobbet på försäkringsbolaget ringde jag Henny omedelbart efteråt och sa upp mig. Helt utan krusiduller. Hon svarade något neutralt kring det och bad mig i nästa andetag att göra det även skriftligt samt att lämna in jobbdatorn. Jag måste ha lämnat in den vid något tillfälle men jag har inget som helst minne av det. Jag har också svårt att föreställa mig att jag skulle ha lyckats med det. Förmodligen gjorde Olof det åt mig.

Jag svär för mig själv varje gång jag passerar det förbannade matbordet. Nu kommer jag alltid att tänka på Henny när jag ser det.

DEL 4

Nu

Karola har lämnat Asidio. Jag påverkas mindre av detta än vad jag kanske hade väntat mig, vilket måste innebära att jag trots allt vant mig vid henne till viss grad. Insikten känns skön.

Jag får ett meddelande på LinkedIn från Henrik, en av favoritcheferna från förr.

Det känns som om hans meddelande kommer från ett parallellt universum. En plötslig påminnelse om att det finns andra arbetsplatser än VER och långköraren Asidio.

Han skriver att han vill träffas för en lunch och att han "har en baktanke." Men nu måste det väl ändå vara så att han har ett jobb åt mig! Fram tills att vi ska träffas läser jag på om företaget han arbetar på för närvarande, i tron och hopp om att han vill att jag ska börja där. Men när vi ses visar det sig i stället att han vill höra om jag vore intresserad av en tjänst på ett helt annat företag. Ett som jag inte hunnit förbereda mig kring. Han berättar att det är ett spännande och relativt nytt företag där han själv också ska börja snart. Han vill ha med mig. Han behöver inte säga mer. Jag vill ha tjänsten.

Jag får vänta ett tag innan jag får komma på intervju. Inte för att processen är lång, jag är den enda kandidaten, utan för att Henrik naturligtvis själv måste hinna börja på det nya innan han kan rekrytera mig.

Drygt ett halvår senare är jag i alla fall äntligen på plats på mitt nya jobb. Inte en enda gång sedan Henrik för första gången nämnde tjänsten för mig har jag känt någon tvekan kring att söka och tacka ja till den eller kring att jag skulle klara av den. Ett orosmoln uppstår däremot i samband med intervjuerna när jag får veta hur förtjusta avdelningen är i den konsult som har tjänsten för närvarande. Varningssignalerna ringer i huvudet på mig och jag kommer att tänka på hur jag efter att ha börjat på VER så ofta fick höra hur mycket Janet och Suzzie hade uppskattat Karola som chef. Jag vill inte komma in på fel fot igen.

Jag lyfter detta med Henrik och min nya HR-chef och de försäkrar mig om att detta inte kommer bli något problem. Jag vet att jag kan lita på Henrik, och har känslan av att jag kan göra det på HR-chefen också, men jag känner att jag behöver gå mycket vaksamt fram för att inte trampa på några ömma tår.

Det går bra. Riktigt bra. Och det tar nästan ingen tid alls innan jag känner igen mig själv igen. Jag är självsäker, har tillit till min kompetens. Jag har roligt med mina kollegor och är på ett ställe där vi respekterar och hjälper varandra. De som har egna rum har i regel dörren öppen. Ingen blir arg när någon gör fel, varken chefer eller kollegor. Det sägs här ibland att om vi inte gör fel så gör vi för lite. Är det något vi inte förstår eller som vi behöver hjälp med frågar vi varandra. Jag har kommit till ett ställe med rakryggade människor som inte vill konkurrera ut eller förlöjliga varandra. Det borde vara en självklarhet på alla arbetsplatser.

Under min introduktion (!) pratar jag med min nya vd om företagskultur. Jag frågar hur vi ska göra för att bibehålla det vi har när företaget växer, vilket det gör. Det är en fråga han inte riktigt har svar på. Men jag ser att han lyssnar och bryr sig om frågan på riktigt. Inte som VER som i sin marknadsföring så fint sa sig ha nolltolerans mot mobbning. Antar att de glömde informera HR om den detaljen. VER använde ord. Och innan lyssnade de på mina ord. Ord och fler ord på det men ingen handling.

På min nya arbetsplats sitter kulturen i väggarna. Det gjorde den på VER också. Men inte på ett bra sätt. Där var det inte ens självklart att man fick ett leende tillbaka när man log mot någon. Människor var misstänksamma, med all rätt. Att hjälpa varandra var inte en självklarhet.

Jag upplever rätt så snart på min nya arbetsplats att många ser mig som en informell ledare och jag känner att jag lever upp till rollen, att det faller sig naturligt för mig.

Fem år senare är jag kvar och trivs lika bra som jag gjorde från första början. Henrik frågade nyligen om jag kunde tänka mig att bli chef för en person som vi höll på att rekrytera.

"Javisst", svarade jag, inom loppet av samma samtal. Jag behövde inte ens gå hem och fundera på saken. Och jag kände att det tändes en gnista, att jag ännu en gång såg fram emot att göra det bra. Och varför skulle inte det gå bra?

Idag fattar jag att nästan vem som helst skulle ha haft problem med Janet, Suzzie och Pär. I alla fall vilken kvinna som helst. Jag blev varnad i förväg men kunde inte se risken själv. Hade ingen anledning att tro att det skulle bli som det blev.

Den i början hoppfulla chefen hade påstått att det inte var mig hon skulle göra sig av med om problemen blev för stora. Men det blev den lättaste lösningen för henne i slutänden. Om någon hade misslyckats så var det verkligen inte jag. Det var framför allt chefen. Och HR. Men även medarbetarna och kollegorna. Ingen av dem tog ansvar för sina egna handlingar, eller för att en annan person inte skulle må dåligt.

Jag kan inte längre köpa den självbild som de gav mig. Den var fel redan då. Jag önskar att jag inte hade varit så mottaglig för den. Jag antar att det var det dåliga samvetet som försvagade mitt försvar, det dåliga samvetet över att jag hade påbörjat anställningen som gravid. Men inte heller det samvetet kan jag köpa längre. Jag är lyckligt lottad som kunde bli med barn och fick föda ett friskt sådant.

Den som ska skämmas är inte jag och det har det aldrig varit.

EPILOG

Sedan

En dag får jag höra av en gemensam bekant till Karola och mig, en kvinna som jag tidigare väldigt kortfattat har berättat för om min erfarenhet av Karola och VER, att Karola har sagt att jag är så känslig. Karola hade tydligen sagt det när vår bekant frågade henne vad det var som egentligen hade hänt på VER när jag var där.

Jag känner mig omskakad av detta. Jag kan i stunden inte sätta fingret på varför, annat än att jag alltid reagerar starkt av att bli påmind om Karola.

Jag bemöter inte det kvinnan har berättat.

Långt senare lägger jag ihop pusslets bitar. De är många.

Till att börja med tolkar jag det jag har fått höra som om Karola i någon mån är medveten om vad jag har varit med om och hur jag upplevde det. Men ändå gjorde hon aldrig någonting för att hjälpa mig. Varken då eller efteråt. Trots att hon hade så god hand med mitt team och att de lyssnade på henne.

Dessutom hade Karola mage att säga att jag är känslig. Inte bara känslig utan *så* känslig. Jag har alltså inte rätt när jag känner som jag gör. Mina känslor och mina reaktioner är överdrivna, tycker hon. Känslor och reaktioner gentemot människor som inte välkomnade mig. Som motarbetade mig, pratade bakom ryggen på mig, och sedan (inbillar jag mig, så just på denna punkt kanske jag faktiskt är överdrivet känslig) åker på *teambuilding* för att prata om hur jobbig situationen är för *dem*.

Inte ens när en vän till Karola tar upp saken faller det henne in att ta kontakt med mig. Jag tänker på läxan vi ständigt tutar i våra två barn, att om den andra har blivit ledsen eller skadad av något vi gjort så säger vi förlåt, vi kramar varandra och frågar hur den andra mår. Även om vi inte gjorde saken med flit.

Men värst av allt är nog att jag aldrig utanför mitt hem har använt ordet mobbning om det som hände mig på VER. Kanske för att jag varit rädd för stigmat? Att jag ska ses som svag och misslyckad? För att jag inte vill se mig själv som en person som kan bli mobbad?

Eller för att jag inte har några bevis? Med bevis menar jag här inte bildbevis eller ljudupptagningar, utan att jag faktiskt inte har hört eller sett så mycket elakheter. Det mesta av det jag har är ju aningar. Aningen om att när tre personer stänger in sig i ett rum tillsammans direkt efter att ha pratat med mig, så handlar det om mig. Att när jag kommer på någon med att himla med ögonen bakom ryggen på mig så är det riktat mot mig. Att när ett stort antal kollegor, närmare bestämt en hel avdelning förutom den bortresta chefen och jag själv som är *så känslig*, går ut och äter lunch tillsammans, och sedan behöver berätta om detta inför mig, så är det för att jag ska känna mig utanför.

Det är nog detta som först gjorde mig tyst och sedan så arg. Även om ingen hånade mig öppet *utöver att säga att jag faktiskt borde tänka mig för innan jag pratade* och inte heller tog i med det fysiska *förutom ett hårt grepp om axeln när jag fick höra att jag behövde vara mer noggrann, för min egen skull*. Även om inte extrema situationer uppstod, och även om jag kanske borde ha stått ut med allting för att jag var chef, så var det jag som grät i bilen, kräktes på väg till jobbet, hade ångest inför att åka dit. Jag som efter en graviditet där jag känt skuld och inte kunde glädjas öppet på jobbet, kände mig låg under i stort sett en hel föräldraledighet. Och så har någon mage att säga att jag är *så känslig.*

Karola har fått ta en orättvis stor del av skulden hos mig. Hon var inte schysst, men hon var inte värst. Problemet med henne var framför allt att jag inte lyckades komma undan henne. Jag tyckte att jag lämnade problemet när jag bytte jobb men så följde en del av problemet med mig till min nya arbetsplats. Och bjöd in även Jens. Hon fick ta sig an rollen som syndabock för att hon var där. Att hon var där gjorde att lidandet förlängdes för mig, för jag blev ständigt påmind. Det har varit orättvist av mig att klandra henne men å andra sidan tog hon inte på sig någon skuld över huvud taget så jag antar att de två sakerna tar ut varandra.

Det var ekonomiavdelningen som helhet som fick mig att må dåligt, med undantag av Danuta som höll sig utanför, och givetvis förutom även Emma och Jenny. Jag tror att vem som helst av de andra hade kunnat ställa sig upp och säga ifrån och saker hade förändrats. För de hade lyssnat på varandra. Men ingen gjorde någonting.

Länge tänkte jag tillbaka och önskade att jag hade känt av mina medarbetares personligheter och gruppens dynamik bättre innan jag föreslog det där med tidredovisning. Det må ha varit sura miner redan innan jag gjorde det men det var efter pratet om tidredovisningen som jag upplevde att helvetet brakade loss. Det kanske hade gjort att situationen utvecklades annorlunda? Ja, jag borde ha varit smidigare. Samtidigt måste vi få lov att testa saker, ta omtag, tänka högt. På VER fanns inte tolerans för någonting. Förväntningarna på mig, som tyvärr var outtalade, var ouppnåeliga. Det enda jag hade kunnat göra för att lyckas där hade varit att inte bli gravid eller se gravid ut. Men min graviditet är givetvis inte något som jag hade velat gå tillbaka i tiden för att ändra på.

Jag undrar hur de hade reagerat om jag hade fått missfall. Nej, nu är jag för mörk. Hade jag fått missfall hade jag kanske redan hunnit göra alla de andra misstagen, i deras ögon, så det hade nog ändå inte "hjälpt" situationen.

Det enda som hade hjälpt, tror jag bestämt, hade varit om Henny och HR hade följt visionen om nolltolerans mot mobbning och agerat tidigt. Om Henny hade lagt undan sina föreställningar om den prestige som följer med chefsrollen. För min del – genom att säga ifrån i stället för att se det som om det vore ett misslyckande för mig, som om hon klippte mina vingar. Och för sin egen del – genom att se sina medarbetare som likvärdiga människor som hon kunde prata och argumentera med, äta lunch med, ha liknande kläder som. I stället för att öppet kritisera, skälla ut, förminska. Tillsammans borde HR och Henny satt sig ner med hela avdelningen, säkerligen med hjälp av extern kompetens, och slagit fast att det som försiggick inte var acceptabelt och sedan borde de ha tagit fram en plan för att ändra på situationen. Hur, vet inte jag. Men det finns det andra som vet. Det jag har varit med om är verkligen inte någonting som bara har hänt mig.

De som inte kunde följa planen hade man behövt avskeda. Punkt slut.

Själv har jag gått vidare. Ibland får jag frågan hur det hela har förändrat mig. Yrkesmässigt var jag länge knäckt och överdrivet försiktig. Nu är jag mig själv igen: rak, modig, öppen. Kanske att jag har blivit mer vaksam på när någon inte verkar vara med i samtalet eller gruppen. Jag hakar nog inte heller lika lätt på så kallat skitsnack. Och jag är väldigt mån om att nyanställda ska komma in i gemenskapen.

På ett personligt plan tror jag inte att det har förändrat mig i längden. Även här är jag nu mig själv igen. Länge kunde jag inte tänka på de där människorna utan att bli upprörd men i samband med en hemuppgift på en skrivarkurs jag gick förra hösten kom vändningen. Hemuppgiften, som var att skriva inledningen till en roman, valde jag att handla om Karola och om mitt mående i nutid. Att hemuppgiften blev vändningen var att det vi skrev fick uppgå till högst tre sidor. *Tre sidor kan jag skriva om detta*, tänkte jag. *Det orkar jag.*

Det gjorde jag. Och förvånansvärt nog var det inte jobbigt att skriva de tre sidorna, tvärtom var det befriande. Och intresset hos de andra kursdeltagarna efter att de hade läst texten, förvånade mig. De ville veta mer! Vad hände med huvudpersonen efteråt? Varför betedde sig den så kallade Karola som hon gjorde? Varför hade hon börjat på samma kör som huvudpersonen?

Texten var alltså fiktiv. Jag arbetade inte vidare med den. Däremot gick jag hem och skrev ner allt jag kom ihåg från tiden på VER. Saker som hänt och saker som sagts. Jag läste anteckningar från den tiden som jag inte orkat gå igenom tidigare, kollade min gamla kalender för att väcka minnen. När jag hade skrivit ner allting som jag kom ihåg kom berättandet av sig själv.

Luisa är så känslig. Det var efter de orden som jag insåg att jag faktiskt blev mobbad. Och jag ska börja berätta det, för alla som vill höra. Jag ska inte i hemlighet må dåligt för detta i en enda minut till.

Hoppas [...]
Att de skriver idiot i ditt pass
Att du i ditt nästa liv blir en mask
Fan vad jag behövde få detta här sagt
Blir två ton lättare än vad jag vart

ur Resten av ditt liv, Timbuktu

Hej!

Följ gärna
the_creative_accountant_2000
på Instagram

TACK!